講談社文庫

おちゃっぴい

大江戸八百八

堀川アサコ

堀川アサコ

講談社

目次

おちゃっぴい

大江戸八百八

第一話　怪人

一

拍子木がひとつ鳴った。

「今の拍子木、誰ぞが来る合図かい？」

「ああ、誰ぞが来る。怪しい者じゃなけりゃあいいがな」

江戸の一日は、四ツ時（午後十時頃）で終わる。四ツで、町ごとの木戸が閉じるのだ。帰りおくれた者は、木戸番に頼んで通してもらわねばならない。

相手の正体を確かめた木戸番は、拍子木を打つ。これから人が行くことを、次の町の木戸番に知らせるのが習いだった。

「怪しい者じゃなけりゃあいいが……」

じいさんは、そう繰り返して外に出た。

月のない晩秋の夜。木戸の向こうに咲いた山茶花《さざんか》の赤色が、なぜかはっきり見えている。目を凝らすうち、山茶花の陰で黒いものが動いた。

それは、気安い調子で話しかけてきた。

「番太さん、すまねえ、通してくんねえか。すっかり遅くなっちまって」

「ああ――なんだ、桃助《ももすけ》かね」

知った者の声だったので、じいさんは安堵の息をついた。背をかがめて外に出ると、くぐり戸を開けてやる。

「おつとめ熱心なことだね、桃助」

「番太さんこそ、相変わらずで」

くぐり戸を通り過ぎる後ろ姿は、闇夜にとけている。

「また、よろしくな」と、挨拶を残して通り過ぎた真っ黒な気配を見送りながら、じいさんは奇妙なことに気付いた。

桃助のやつ、拍子木が鳴ってからこっちに着くまで、早すぎやしないか？

いや、そもそも――あの桃助は、とっくに死んでしまったはずじゃ？

＊

日本橋高砂町《たかさごちょう》の路地裏。

刺青彫師《しせいほりし》の青治《せいじ》は、行灯《あんどん》のほの暗い明かりの中にかがみ込んで、蝶の絵を描いていた。

客に彫り物をする蝶は、朱色に黄に緑にと、鮮やかな色ぼかしを入れるが、一人きりで紙に描く蝶はただ黒一色に塗りつぶす。

一頭、一頭、紙の上に黒い羽が描き足されるにつれ、絵はまるで辺りを飛び交う蝶の影のように見えてきた。

奇妙な癖だ。

いったん描き始めれば、紙が蝶にうずもれて墨一色になるまで、青治は眠るどころか顔すら上げることができないのだ。まだ小さな頃に、一人で江戸にやって来たときから、ずっとそうだった。

けれど、この夜ばかりは違った。

湯上がりの女のように、うなじで結んだきりの髪が、肩からこぼれる。

日暮れ時に閉めたはずの窓から風が吹き込み、つい咳が出た。筆から墨が落ち、立て膝をついたすねをよごした。

「誰でえ」

筆を置き、窓の向こうの闇をにらんだ。役者も気後れすると評判の男前が怒れば、なぜか蝶を描いていたときよりも優しく見える。

——青治。

細く開いた窓のむこうから、誰かが彼を呼んだ。行灯の明かりに慣れた青治の目には、そこに居るものの姿が見えない。

「誰でえ」

もう一度いって腰を上げたとき、闇に濃淡が生じた。うっすらとわかる輪郭は、人のようでもあり、見世物で見る化け物のようでもあった。ただ二つ、黄ばんだ両目が確かにこちらを見ている。

青治は狭い部屋を横切って、玄関の心張り棒を放り投げると、外に飛び出した。

「…………」

短い間に目は暗闇になじんだが、青治はそこに化け物の姿を見つけられなかった。小さなつむじ風が、枯葉を一枚だけ巻き上げながら、路地の角を曲がって消える。冷気が袖から入り込み、青治はいまいましげに腕をこすった。どうやら、風邪が本格的になってきたらしい。

「誰だか知らねえが――」

ともかく、黒い蝶を描くこの手を止めてくれたのは、ありがたい。

青治は片頬を歪《ゆが》めてはなをすすると、月も星もない空を見上げた。

塀を伝って、夜歩きしていた三毛猫が戻って来る。猫は青治のすねに背中をこすってから、主人づらして先に玄関に滑り込んだ。

「三毛坊、化け物をみなかったか？　それとも、おまえが化けてたのかい？」

馬鹿なことを訊《き》いてみたが、猫はただむっつりと布団の上で丸まった。眺めるうちに不思議と気持ちがなごんで、貧乏徳利に残っていた酒を引っかけると、その夜は早く寝た。

＊

彫師の青治の住まいを過ぎ、路地の角をまがったそいつは、軒下を伝って新道に出る。

そこからいくらも行かないうちに、古びた構えの屋敷が見えた。

六道館《ろくどうかん》。

現幻無限流《げんげんむげんりゅう》を教える剣術道場である。

徳川幕府ができた時代から、江戸の真ん中で剣術を教えてきた。

代々の当主は一様にソバが好物で、お菓子を食う代わりに、酒を飲む代わりに、たばこを吸う代わりに、ソバばかり食べている。

そうした愛嬌の反面、現幻無限流は他に類を見ない高速の剣だった。

戦国の世から続く流派だから、その極意は忍術なのだと指摘する者も居る。

開祖の孫の孫の孫……師範代の巴《ともえ》が、道端の屋台でソバをすすっているのが見えた。

寝間着にどてらを羽織って、ちょこんと小さな丸顔に島田まげが似合っている。白い息をはきながら、せっせとソバを食う巴を、そいつは物陰から見つめた。

――かわいい……巴ちゃん。

「父上やチビたちの目を盗んで食べる夜食ってのは、かくべつおいしいわねえ」

ソバの湯気で頬を上気させて、巴は幸福そうにいった。

巴は今年で二十二歳。案外と薹《とう》が立っているが、いまだにおちゃっぴいな小娘に見える。

前年、近所の旦那衆が《日本橋美人番付》なるものをこしらえたら、巴は並み居る大店《おおだな》のお嬢さんや粋筋《いきすじ》の姐さんたちを引き離して、大関に躍り出た。それでいて、刀を握ればおそろしく強い。

――ああ、かわいいな……巴。

可憐な容姿にだまされて、よこしまな男たちが悪戯《いたずら》をしかけようとすると、決まって人数分の怪我人が出た。巴の反撃は、奉行所の仕置きより苛烈《かれつ》である。

「六道館の女師範代は頭の後ろに目が付いた化け物だ」とは、痛い目を見た男たちのつく悪態だ。このごろでは巴を見れば、三下やっこたちは一町（約一〇九米《メートル》）離れていても腰が引ける。

それなのに今、巴はすぐ近くの物陰から窺うそいつの気配に気付いていない。

――かわいいな、巴ちゃん。

巴が気付かぬとあれば当然のこと、ソバ屋が気付くはずもなく、このおちゃっぴいの食べっぷりに、にこにこと見とれるだけだ。

「巴先生のソバ好きも筋金入りだね。けど、こんなに遅くにソバ食って寝たら、朝飯がのどを通らねえだろうにさ」

「それが不思議と、どっちもおいしく食べられるのよ」

丼を持ち上げて汁まで飲み干し、巴は「不思議といえばね」といって身を乗り出した。

「おじさん、生きミイラが町に出るってうわさを知ってる?」

「おいおい、巴先生。こちとら、こうして夜道で商売してんだ。おっかねえ話は勘弁だぜ」

「あれれ。おじさん、生きミイラが怖いんだ?」

生きミイラは、このところ江戸で流行《はや》っている怪談だった。

生きミイラは人を食べる。生きミイラは人か獣か化け物か見分けがつかない。

真っ黒く全身を覆うのはおのれの毛なのか、それとも獣の皮を着ているのか。骸骨と見まがうばかりにやせているのに、腕力は熊をしのぎ、その敏捷《びんしょう》さは風より速い。

餌として目を付けられたが最後、人も獣も逃げる間もなく食われてしまうという

――。

「後生《ごしよう》だから、そんなの聞かせねえでくれよ」

ソバ屋は本気で怖がっている。

「巴先生の剣術で、生きミイラをやっつけられんかね」

「いやよ。だって生きミイラって、ひどくくさいんだって。やっつける前に、鼻が曲がっちゃう」

鼻をひくひくさせた様子がかわいくて、ソバ屋は笑顔を取り戻した。

――そんなにくさいのかい……。

物陰に居るそいつは、黒い毛むくじゃらの全身を震わせて、悲しげにその場を後にする。

笑っていた巴は、もう一度、小さな鼻をひくつかせた。

「ねえ、おじさん。なんだか、くさくない?」

においをたどるように振り向くと、巴は今さっきまで黒い毛むくじゃらのものがひそんでいた辺りを見つめた。

＊

お錦《きん》の住まいは、裏長屋の南のすみっこである。

この長屋には、ずいぶんと長いこと暮らしてきた。

角部屋になるので他より窓が一つ多く、共同便所から遠いのもありがたいが、肝心の窓のすぐ近くにごみ溜があるのが気にくわない。

間取りは、小さな二間に、土間がついて五坪ある。長屋にしては広い方だ。お錦も今では針仕事で食いつなぐ一人暮らしだから、もう少し狭い部屋に引っ越した方がいいと、家主にまでいわれている。だが、誰も強くはいわなかった。それは、お錦を気の毒がってのことか。あるいは、お錦の正気を疑っているせいか。

彼女が寝起きする隣には使っていない四畳半があって、その空き部屋には幼児から成人に至るまでの、男の子の玩具や着物が、乱雑に放置されていた。毎日ほこりを払って畳を掃いてから、すべて元どおり、お錦自身が散らかしている。しかし、こうして誰かが暮らしているみたいな様子を作ってみても、肝心なものが足りない。それは、部屋を使う人間だ。

お錦の息子は、もう六年もこの部屋を留守にしたきりなのだ。

生きていれば、二十六歳になる。

「はんにゃーはーらーみーたーじー」

死んだ亭主の位牌《いはい》に向かって、お錦は般若心経《はんにゃしんぎょう》を唱え、数珠《じゅず》をこすり合わせた。

お錦の息子は、盗賊に殺された。町内の者たちは、そう考えている。

(奉行所は、正式にそんなことなんかいってやしないんだ。素人のくせして、無責任

なことを勝手に決めるなってんだ）

お錦は息子の生存を信じているから、弔いなどしない。

息子と暮らした長屋からは、意地でも引っ越さない。

いつ戻って来てもいいように、部屋もそのままにしてある。

「ぎゃーてい、ぎゃーてい、はーらーぎゃーてい……」

――おおおおォォォォ――。

読経《どきよう》が、やぶからぼうな吠え声に邪魔された。

うすい板壁のむこうから、粗野《そや》な気配が伝わってくる。どうやらまた、ごみ溜に野良犬が寄って来たようだ。

「まったく、もう」

舌打ち加減に、ごみ溜のある方の窓を開ける。

とたん、むっとする悪臭が鼻をさした。

「くっさいねえ」

声に出して文句をいうと、ごみ溜の中から黒い毛むくじゃらのものが飛び出した。

「うわっ、何だねこいつは――しっしっ」

野良犬の大きさに度肝を抜かれたお錦は、窓から身を乗り出してはたきを振り立てた。

その気配に驚いたのだろう。相手は、一目散に逃げて行く。部屋からもれた淡い灯が、犬の後ろ姿を照らした。

「はて?」

とてつもなく大きな野良犬だったが、お錦の目には二本足で走っていたように見えた。

どうやら縫い物の仕事で、目がくたびれているようだ。

「かんじーざいぼーさつ」

お錦は肩をすくめて、もう一度最初から般若心経を唱え始める。

二

彫師の青治の家は、六畳一間に土間と台所があるきりだが、猫の額ほどの庭に垣根もついた一軒家である。

ここはかつて売れない絵師の仕事場になったり、放蕩息子の隠れ家になったり、魚屋の小商人《こあきんど》がなけなしの金で愛人を囲ったりと、落ち着きのない者たちが入れ替わり立ち替わり住んでいた。

それが空き家になり、しばらく野良猫のすみかになっていたが、少し前から青治が来て野良猫といっしょに暮らしている。

猫はうるさいし、朝から晩まで近くの長屋の子どもたちが大騒ぎする。同じく近所の六道館では、剣術に加えて孤児たちの世話に力を入れているので、彼らのはしゃぎぶりがまた一通りではない。

けれど、青治自身、幼い頃から天涯孤独《てんがいこどく》の身の上で、六道館の飯を食べて育った。道場の大先生は青治にも剣術の稽古《けいこ》をつけようとしたものだが、そちらはどうにも筋が悪くて、結局は刺青の彫師になった。


闇夜の窓を怪しげなものにのぞかれた翌日。

青治の家の戸をたたいたのは、中年の博徒《ばくと》だった。

「こちとら関八州の親分方には知り合いの多い、ちょっとした侠客《きょうかく》だ」

客は迎えに出た三毛猫に連れられて部屋に上がり込むと、あまりぱっとしない啖呵《たんか》を切った。まげのさきが上向いて広がっているのは博徒好みの髪型で、青治はこれが野暮《やぼ》ったくて嫌いだ。

「おい、彫師。おまえも本職なら、痛くねえように彫ってくれよ」

「やせ我慢も男伊達のうちさ」

青治は無感動に答えた。胸の内では、箒《ほうき》みたいに広がるまげの先が気になってならない。

もっとも、青治とて髪型がどうのと、他人にいえたものではないのだ。月代《さかやき》を剃るのが面倒だとか、まげを結うと頭痛がするといって、伸ばしたきりの髪をうなじあたりで一本に結わえたきりだ。

六道館の連中や、うるさがたの家主には「だらしがない」とよく叱られるが、一度だけ真面目にまげを結ったら「似合わない」と皆に笑われた。それで気を悪くして、洗い髪の女みたいな頭でとおしている。

「さあ、ぼさぼさすんな。さっさと、この背中をどうにかしてくれ」

博徒は青治に背中を向けると、襟ぐりに両腕を入れて上半身はだかになった。

「ん？」

感情を外に出さないたちの青治も、つい眉根を寄せた。

博徒の背中には、すでに一面に彫り物がしてある。ひどく下手な素人彫りで、文字や四方八方に向いた線が、墨一色で彫り込まれていた。

サワノツキ――アナ、ユミ拾参《じゅうさん》――エノキ――メ百――ガケ――カエデ四拾……

（何の符丁だ）

文字の大きさはまちまちで、線の長さも曲がり具合も、とりとめがない。子どもの落書きのようにも見えるが、ものは刺青である。子どもが肌に根気よく針を刺して墨を入れ、こうして大人の背中に落書きなどするはずもなかった。できのまずさの反面、素人がこれを彫り上げた根気を思うと、なにか不吉な執念さえ感じる。

「こいつは縁起の悪い代物でよぉ」

青治の内心を読んだように、博徒は低い声でいった。

「むやみに人に知れたら、剣呑《けんのん》なんだ。だから、湯屋に行っても気が気じゃねえ。まあ、湯屋じゃ、こんな引っ掻き傷みてえな代物は見えやしめえが」

江戸の湯屋は、湯気で視界がくもっている。見えるのは、人の輪郭くらいだ。

「それでも昨日のことさ、湯槽《ゆぶね》につかっていたら、うす気味悪い大男がこの背中をじっとにらんでやがる。殺気ってのはああいうのをいうんだろうよ。お湯ン中にいても、震えがきたぜ」

「人に知られちゃいけねえとは、まじないか何かなのかね」

「まあ、そんなもんだ。なんの得もありゃしねえ、無駄なまじないさ」

博徒は、ゆううつそうにいった。

「上から竜とか般若を彫って、こんなもの消して欲しいんだ」

「無理だね」

青治が即座に答えると、博徒は上体をねじって怖い顔をした。青治は平気な顔をしてはなをかむ。

「風邪が治らねえ」

のんきな声で、そんなことをいった。ここに彫り物をしに来る客は、博徒の他にも魚河岸の兄《あに》ィや火消しの鳶《とび》といった短気な連中ばかりだから、凄まれるのにも慣れていた。

「見な」

青治は相手を見つめ返すと、傍らの紙に客の背中の彫り物を手早く描きとった。その上に般若と竜をさらさらと描いてみせる。般若の額が格子柄になったり、竜の鼻に「アナ」なんて文字が重なってしまう。

「それじゃあ、どうしてくれるんでえ」

「そうだな」

空いた場所に、小ぶりな牡丹《ぼたん》と蝶を描いた。線は牡丹のくきに、文字は葉と蝶の羽で塗りつぶす。いつもは色鮮やかな蝶を彫るのだが、このたびばかりは夜ごとの落書きと同じ、真っ黒な蝶になった。

(縁起が良くねえが……)

縁起が悪い。

客はおのれの背中の符丁をそういったが、青治の筆に憑いた黒い蝶とて、狐や狸なんかよりよっぽど怖い。けれど、はちゃめちゃな素人彫りを消すには、格好の図柄だった。

実際、紙の上に写した変てこな符丁は、牡丹と黒蝶のおかげで、よくよく目を凝らさなければわからないほどには隠れた。

「おお、朝顔にカラスとはうまいことを考えたもんだ。この朝顔で頼むぜ」

「牡丹と蝶だよ」

気を悪くした青治がはなをかんだ紙をぶつけても、博徒は上機嫌でべたりと寝そべった。

けれど、博徒が素直だったのはここまでで、輪郭を描くために筋彫の針を立てたとたん、絶叫して飛び上がった。

「痛ぇ、痛ぇ、痛ぇ——殺す気か、この野郎!」

「…………」

傍らに置いた長脇差を見せて凄む博徒を、青治は役者のような顔でにらんだ。

——とーんとーんとん辛子。ひりりーと辛いは——。

——あああ、シゲの馬鹿ぁー!

——へーんだ。馬鹿っていうやつが、馬鹿なんだぞ!

うすい壁越し、外の喧騒《けんそう》は筒抜けだ。

近くの通りを唐辛子売りが近付いてから通り過ぎ、六道館の方角からあがった子どもの泣き声がおさまるまで、青治は人形のようににらみつづける。

やがて客の博徒は根負けして、元どおりに寝そべった。肝を据えたのか、青治が針を使っても、今度はおとなしくしている。それでも、よっぽど痛いのだろう。肩や脇腹の筋肉が不自然に震えるのを見ていると、気の毒になってくる。

「いったい、いつから、これを背負ってるんだい？」

いつもは無口な青治だが、少しでも気が和らげばと思って、そんなことを尋ねてみた。

「か――かれこれ、六、七年にもなるかな。――これはおれの兄貴分が彫ったんだ。なにしろ、おれっち痛がりだろう？」

違えねえ。青治は胸の内だけで答える。

「だもんだから、兄貴はいったのさ。仕上がるまでにいっぺんも『痛い』といわねえなら、とてつもない褒美をくれるとさ。おれは真に受けて頑張ったが、褒美なんかもらえなかったね。――こいつができあがった頃、兄貴が行方知れずになっちまった」

今になって、この彫り物を消そうと思ったのも、兄貴分の失踪があったからだ。

「彫師のにいさんは、生きミイラってのを見たことがあるかい？」

「女や子どもが面白がっている怪談だな」

「おれの兄貴分はな、その生きミイラに食われちまったんだ」

「本当かい？」

「兄貴が彫ったこの彫り物は、生きミイラの秘密と関係があるらしい。やつは兄貴のことを食い殺したが、今になっておれの彫り物のことを探り当てやがったんだ。このところ、江戸でも生きミイラが出たという話をよく聞くだろう」

「ああ」

六道館の子どもたちが、よくそんなことをいってはしゃぎ立てている。

「やつがおれを捜しに、江戸まで来てやがるってことさ。だから、早くこいつを消しちまわなくちゃ……痛ぇ、痛ぇ、痛ぇ——殺す気か、この外道め！」

針の痛さを紛らわすように懸命にしゃべり続けていた博徒だが、とうとうこらえきれなくなって起きあがってしまう。同時に、玄関の戸が乱暴に開いた。

「頼もォう！」

娘らしい細い声が、変に力強く響く。六道館の巴である。続けて呼ばわる声は、幼い時分と変わらず無邪気だ。

「青さん、もう行くわよ！」

客が居る、といおうとした青治を、当の客が手振りで止めた。

「そっちに約束があるなら、仕方ねえ。続きは明日にしようぜ。そうだな、朝の五ツ(午前八時頃)には来るから」

筋金入りの痛がりには、黒い蝶一頭を彫るのが我慢の限界だったらしい。

「ほらほら、かわいい声が呼んでやがる。この色男め」

博徒は声のする玄関を指さすと、そそくさと着物を着てしまった。

この調子では、いつまで経っても彫り終えるものじゃない。背中の符丁を消す前に生きミイラに食われるぞ——。そんな脅しをいってみたが、怪談よりも針の痛みのほうがよっぽどこたえるらしい。博徒は巾着《きんちゃく》から一分銀をつまみ出すと、畳に放り投げるや否や帰ってしまった。

＊

この日は、幼なじみの命日だった。

桃助という。

子どもの頃は六道館で寝起きしていた青治と遊ぶため、よく道場に来て、いっしょに木刀を振るった。もっとも、桃助の本当の目当ては道場の一人娘の巴の方で、四つも年下の女の子にさんざんに叩きのめされて、それでも懲りずに通ったものだ。巴は当時から青治によくなついていたから、自然と三人はいつも一緒に居た。

腕っぷしはからきしの青治と、喧嘩の苦手な桃助がそろって隣町の悪たれにやっつけられた時には、小さな巴が討ち入りに出かけて仇《かたき》をとってきた。

桃助は巴が好き。巴は青治が好き。

「だって、青さんは男前だもん。桃ちゃんは猿みたいなんだもん」

この関係は大人になっても変わらなかったが、巴は桃助のことだって好いていた。姉が弟を愛するように、年上の幼なじみをかばってやるのがおのれの役目だと心に決めていたのだ。

それでは男の沽券《こけん》にかかわると、桃助が目明かしの見習いになったのが十七歳のときである。三年ほどが経ち、御用の仕事も板について大物の盗賊を追っていた矢先、桃助は消えた。行方知れずになってしまったのだ。

幸か不幸か同じ頃、肝心の盗賊もきっぱりと盗み働きをやめてしまった。桃助の失踪が盗賊の捕り物と関わりがあったにせよ、相手の痕跡が追えないのでは、探しようがない。

裏長屋へ向かう道すがら、小柄な巴は小首を傾げて青治を見上げた。

「あん時、桃ちゃんが追っかけていた泥棒――ハシ小僧っていったっけね、青さん」

「桃助のやつ、岡惚《おかぼ》れした女を追っかけるみたいに、寝ても覚めてもハシ小僧のことで走り回ってやがった」

「桃ちゃんさぁ、死神にでも取り憑かれてたのかなあ」

巴はそういってから、慌てて口をふさぐ。

「ごめん。こんな話、お錦おばちゃんの前じゃ、御法度《ごはっと》だよね」

青治とともに桃助の母親の住まいを訪ねた巴は、線香の先からたなびく細い煙を目で追った。

（線香は、仏さまのごはんだっていうっけ……）

お錦は息子の死を頑として認めない。貧しげな仏壇の中には、亭主の位牌があるきりだ。それでも、毎年、桃助が消えた日がやって来ると、和尚を呼んでお経を上げてもらう。お錦にいわせれば、これは法要ではなく桃助の無事を祈っての祈禱《きとう》だ。だから、へたに悔やみでもいおうものなら、たたき出されてしまうのだ。

「さっき、十郎《じゅうろう》親分のことも、おン出してやった」

鼻息も荒々しく、お錦はいった。

十郎親分とは、かつて桃助が手先になっていた目明かしである。住まいは長谷川《はせがわ》町《ちょう》。目と鼻の先だ。

「…………」

巴と青治は仏壇の前に行儀よく並び、黙って頭を垂れた。

この二人だけは「そんなことしちゃ駄目だよ、おばちゃん」なんていわない。青治は相変わらず紙みたいな無表情で黙り込み、巴は丸顔を悲しげにしてお錦を見た。

「ごめんね、おばちゃん。わたしらがいつまでも桃ちゃんのこと見つけられずにいるから、おばちゃんに辛い思いをさせちゃう」

「そんなこと」

巴の優しい言葉が、お錦の強がる気持ちに小さな穴を開けてしまった。笑おうとした声が、そのまま嗚咽《おえつ》になる。この六年でちっとも変わっていないように見えるお錦が、本当はずいぶんと老けこんでしまったのが巴にもわかった。

「よしよし、おばちゃん。泣きたいときは泣くが勝ちですよ」

巴がうすいひざを撫《な》でてやると、お錦はもう抑えが利かなくなっておんおん泣き出した。こちらの手を子どものように握りしめて、それはもう大声で泣くのだ。巴は困ってしまう。

（青さん、ひとごとみたいな顔しないでよ）

（おまえが泣かしたんだろうが）

巴は助けを求めるように青治を見たが、この男は情け知らずだ。仏壇に手を伸ばして、供え物の饅頭《まんじゅう》をつまみ食いしている。

三

朝の五ツに来るといった痛がりの客は、昼過ぎまで待っても来なかった。

代わりに青治の家の戸を叩いたのは、目明かしの十郎親分である。岩石のようにがたいの大きな親分の後ろから、背伸びをしてこちらをのぞくのが巴だ。

「青治、ちょっと自身番《じしんばん》まで来い」

「自身番とは剣呑だ」

「おうさ、剣呑よ」

自身番は、捕り方の派出所も兼ねている。

縄を打たれたわけではないが、腕をつかまれて否応《いやおう》なく連れて行かれた。十手持ちに連行されるなど、気持ちの良いものではない。表通りを突っ切れば近道だが、親分も気を使ってか、裏長屋のある路地を横切って、狭い新道を通った。けれど、こちらはこちらで、顔見知りが興味津々と見送ってくれる。

前庭の玉じゃりを踏んで番屋に入ると、三畳の板の間に、むしろを被せられた男のなきがらが横たわっていた。

「こいつ」

昨日の痛がりの博徒である。

開けっ放しが常の番屋だが、それでもなお、こげたような悪臭が充満して辛抱できない。常駐の番人や家主は、青い顔をして柵の辺りまで逃げていた。

「見な」

十郎親分が無造作になきがらをひっくり返すと、悪臭の理由はすぐに知れた。博徒は背中一面を焼かれていたのだ。

「こいつ、昨日、おまえを訪ねて行ったんだってな」

十郎親分は持ち前の無愛想さで、黒こげの背中をにらむ。

「どうして、そんなこと知ってなさる」

「後ろだ、青治」

青治は親分にいわれて、後ろを振り返った。男二人の間から、無残なむくろを覗き見ている巴が居る。

「この人が青さんの家に居るの、見たんだもの」

鼻を押さえた鼻づまり声で、巴が馬鹿正直なことをいった。面倒な波風をたてやがってと、青治は口をとがらせる。

「ああ、確かにおれの客だよ」

「いつから来ている。どこの誰なんだい」

「関八州の親分たちの顔見知りだと、大きく見得を切ってやがった」

「博徒かい。名は？　素性は？」

「いちいち知るか」

「青治、良くねえ態度だな。いや、客の名くらい聞いとかねえかい」

十郎親分の声が怖くなった。

「なきがらは今朝早く、近くの柳原土手《やなぎわら》で見つかったんだ」

柳原は、両国広小路《りょうごくひろこうじ》に通じる神田川《かんだ》の土手通りとなっている。

一帯は古着屋が立ち並ぶので有名だが、昨夜の店じまいの時刻には、だれも凶事に気付かなかったという。

「ホトケは縊《くび》り殺された上で、背中を焼かれている。こいつは見つかった時点で冷えきっていたし、殺《や》られたのは、人けのない真夜中だろう」

「どうりで、待っても来ねえはずだ」

背中一面の痛ましい様子を見おろし、青治は合掌した。

「背中の彫り物を消したいと、そういってなすったね」

この男が青治を訪ねた理由——背中に彫られていた、落書きとも符丁ともつかない代物の話をすると、十郎親分は強く興味を示した。

「それをわざわざ焼いたとなると、肝心なのは背中の彫り物だったたってわけだ。ホトケが消したがった彫り物を、下手人はもっと消したがってた」

上から別の彫り物で隠すよりも、焼いてしまった方が手っ取り早い。ついでに当人の口もふさいでしまえるから、隠し事は三途の川に流してしまったも同然だ。

「ひどいわね」

巴が憤然とつぶやく。

「こいつの背中にあったっていう変てこな彫り物を、思い出せねえか？」

強面《こわもて》の十郎親分が、鬼瓦のような顔で青治をまっすぐに見た。太い眉毛《まゆげ》がほんの少しだけ垂れているのは、この親分なりに懇願しているのだ。

「写し取ったのがあるけど、見ますかい？」

「そうこなくっちゃ！」

親分より先に、巴が手をあげて答えた。

＊

場所を青治の家に移して、十郎親分は青治が紙に書き写した彫り物の図柄を広げた。

「なんだ、これは？」

サワノツキ――アナ、ユミ拾参――エノキ――メ百――ガケ――カエデ四拾……

意味のわからない仮名文字と線の上から、竜と般若、牡丹と蝶が描き込まれている。

「ああ、般若やら蝶やらは関係ありませんや」

絵は符丁を消すために試し描きしたことを説明すると、親分は最初の図柄がつぶれてしまったと残念がった。

「こいつは預からしてもらうよ。他には、下手人につながるような話をしてなかったかね」

「やっこさん、生きミイラに狙われているっていってましたっけ。この変な彫り物をしたのが兄貴分で、彫り物は生きミイラの秘密なんだとか」

「生きミイラ？」

親分と巴が、同時に頓狂《とんきょう》な声を上げた。

「山の洞穴に棲《す》んでいて、風より速く、熊より強く、人間の肉を食うっていう、あの生きミイラかい？」

呆れたようにいってから、親分は「馬鹿馬鹿しい」と付け足した。

「けど、当人は大まじめでしたよ。兄貴分って人が、生きミイラに食われて死んだそうです。こんな彫り物してたら、こんどはおのれが危ねえ。だから、上から別の彫り物をして、符丁を消してほしい。それが、やっこさんがここに来た理由です」

記憶をたどるように、青治は天井のシミを見上げながらいう。その横顔を眺め、十郎親分は組んだ腕を解いて鬢《びん》をかいた。

「そういえばなあ――おとといの四ツ過ぎに、木戸番のじいさんが生きミイラを見たっていい張ってたな」

「おとといですか？」

勝手に茶を淹《い》れていた巴が、顔を上げた。

「どうかしたのか？」

「ううん、別に――」

珍しく歯切れの悪いいい方をして、巴は大きな湯飲みにたっぷりと注いだ番茶を二人に振る舞う。

「あの人、本当に生きミイラに殺されたのかしら」

「生きミイラなんざ、聞き分けのない子どもをおどかすおとぎ話だろう。早く寝ねえと、山から生きミイラが来て食っちまうぞってね。うちでもむかし、坊主によくいって聞かせたもんだね」

十郎親分がふうふういって番茶を飲み干すのを、巴は優しい顔で見ている。

「親分とこの坊や、いくつになりましたっけね」

「もう十五だ。三年前から木綿《もめん》問屋に奉公に出て、今年から子ども頭になりやがった。ふつうより一年早い出世だとか威張りやがって。おおかた、商いが小さくて奉公人が少ねえんだろうが――」

お茶が熱かったのか、子煩悩で照れているのか、十郎親分はいかつい顔を赤くしている。青治から預かった彫り物の写しを「恩に着る」というふうに額の辺りにかざしてから、せわしなく立ち上がった。

「ああ、そうだ。――やはり、こいつは、おまえらにもいっとかなきゃ」

狭い玄関で草履《ぞうり》をつっかけしな、十郎親分が振り向く。息子の自慢をいっていたのとはうって変わって、鬼瓦の面相がもどっていた。

「あのホトケなあ、ハシ小僧の弟分だ」

＊

「どういうこと？」

十郎親分が表通りに消えてから、巴は青治にではなく、持ち上げた湯飲みに向かってそう訊いた。

ハシ小僧は、桃助が最後に追っていた盗賊だ。

通り名のいわれは、はしっこいからだとか、赤ん坊のときに橋のたもとで拾われたから拗《す》ねて名乗ったとかいわれているが、本当のところは誰も知らない。盗み働きの仲間も居なければ、なじみの女も居なかった。ハシ小僧は、稼業のために徹底して孤独を守ったといわれている。

「でも、弟分なんてのが居たんだ？」

大店や武家屋敷をねらって荒稼ぎして、判明した被害額を合わせると一万両近かった。十両盗めば死罪というのが御定法だから、ハシ小僧は千回も首が飛ぶほどの大罪人である。

「ハシ小僧が世間から消えたのと、桃ちゃんが消えたのは一緒の頃だものね」

当時、仕事のおもしろさを覚え始めた桃助が、つい勇み足を踏んだとしてもうなずける。

「わたしねえ、青さん」

巴は怖い顔で湯飲みを見据えたまま、口を開いた。

「桃ちゃんは、案外といいところまでハシ小僧を追いつめて——それで返り討ちにあって、命を落としたんだと思ってたのよ。ハシ小僧は一万両も盗んだ大泥棒だけど、人殺しはしなかったでしょ。だから、桃ちゃんのことを……殺《あや》めたのを悔やんで、盗み働きを続けられなくなったんだと思ってた」

殺めた、という言葉を押し出すようにして、巴はいった。

六年前に桃助が消息を絶ったのと同じ時期に、ハシ小僧も盗人の世界から姿を消した。

巴がいったのと同じことを青治も考えていたし、十郎親分も、奉行所も似たような結論に落ち着いている。おそらく、息子の死を認めないお錦とて、胸の中ではそう感じているに違いない。

「でも、違った。ハシ小僧って、殺されてたんだね」

青治を訪ねて来た客の兄貴分が、ハシ小僧だったとしたら、姿を消した理由がはっきりする。あの男の兄貴分は、とっくに死んでいたのだ。

「やっこさん、兄貴分は生きミイラに殺されたといったんだぜ。そんな与太話――」

「そうかなあ。与太話かなあ」

巴は、今度は湯飲みの底に残った番茶に向かって話している。

「ねえ、青さん。生きミイラに、御利益があるって知ってた？」

そいつの正体が何であれ、生きミイラという名があるのは、面と向かってその姿を観察し、食われずに逃げて来た者がいるためだ。

「山の洞穴に迷い込んで化け物に出くわし、それが見世物小屋で見たミイラに似ていたから、生きミイラなんて呼ばれるようになったわけ。つまり、会った人は何人もいるのよ。しかも、おみやげをもらっているの」

生きミイラは、洞穴に迷い着いた者に、ささやかなみやげを与えることがあった。

そのみやげとは、灯《とも》を点した皿だ。帰り道で迷わないように、ということらしい。みやげをもらって帰った者は幸運に恵まれ、またたく間に富み栄えてしまうのだという。

「そのお皿に、御利益があるみたいなのね」

けれど、生きミイラの主食は人と獣の肉だ。時たま迷い人に不思議なみやげを与えるのは、獲物の一部に餌付《えづ》けしているに過ぎない――らしい。

「でも、変だなって思うのはね――わたしらが小さい頃は、生きミイラなんて怪談はなかったでしょ」

「ガキの頃のことは、覚えてない」

巴の問いに、青治は重い口調で答えた。

巴は茶を飲むふりをして、そっと口をふさぐ。

（あ、そうだった……）

青治は孤児だった。七つの頃に六道館にやって来たが、それ以前のことは、「覚えていない」という。

巴は両手で抱えていた湯飲みをおいて、顔を上げる。

「生きミイラのうわさが聞こえだしたのは、ここ十年かそこらなの。しかも、最初のうちは秩父《ちちぶ》の山に居る人食いお化けの話だった。おみやげの皿をもらって帰れば商売繁盛なんてオマケが付いたのは……そうね、五、六年前からのことよ」

「恐ろしいだけの化け物より、少しはマシになったということか」

「商人の中には、生きミイラを神さま扱いする人たちも居るんですって。わざわざミイラ講なんて集まりを作って、山歩きしている旦那衆もあるみたい。それで山で迷子になったり、熊に食べられたりする人も居るらしいから、世話ないわよ」

巴は持っていた赤い縮緬《ちりめん》の巾着から、折り畳んだ紙を出して見せる。

「これ、見て」

「生木乃伊様御利益長者番付――なんだ、これは？」

「読んだとおり、生きミイラの御利益で金持ちになった人の番付表よ。どこかのミイラ講の好事家《こうずか》たちが、小遣い銭を出し合ってこしらえたんだって」

「世の中って、いろいろだな」

青治が呆れたようにいうと、日本橋美人番付で大関をとった巴は、御利益長者番付の大関の名を爪ではじく。武蔵屋大左衛門《むさしやだいざえもん》と書かれた紙が、ピシリと小さな音をたてた。

「怪談の中で、もう一つ変わったのはね――」

生きミイラの棲む洞穴には、思い掛けずに辿り着く者もあれば、いくら捜しても無駄足ばかり踏む者もある。なぜなら、洞穴自体が生き物のように動き回るのだとか。

「最初は、秩父の山の話だったんだろう?」

「うん。でも、今では高尾山《たかお》だとか、筑波《つくば》山とか、箱根《はこね》にまで出るみたいよ」

「へえ」

湯飲みの中に、怪訝《けげん》そうな青治の顔が映る。

「奥州《おうしゅう》にも、迷《まよ》い家《が》っていって、現れたり消えたりする不思議な屋敷があるんだって。生きミイラの棲む洞穴も、それと似たものなのかしら」

「だけど——。おまえはどうして、そんなに生きミイラのことに詳しいんだ?」

「六道館の子どもたちがいうことを聞かないときにね、怖い話をしておどかすため」

巴はすました顔でいうと、湯飲みの底に残った番茶を飲み干す。それから、ふうッと息をつき「ちょっと気になることがあって——調べたのよ」と付け加えた。

四

《生木乃伊様御利益長者番付》の大関、武蔵屋大左衛門は、まったく力士のような巨漢だった。

青治と巴は「ミイラ講の者だ」とでたらめをいって武蔵屋を訪ねると、主人は大きな体軀《たいく》に似合わない甲斐甲斐しさで二人を迎え、生きミイラからもらったという灯明

のだ。

紫の袱紗《ふくさ》に包んで桐の箱に納められていたが、中を開ければふちの欠けた粗末なもの皿を見せてくれた。

「わっしゃ生きミイラさまからこの皿をいただいたおかげで、今の身代を築くことができたんだよ」

武蔵屋は元々、八王子《はちおうじ》の在で炭焼きをしていた。その頃の名は、大左《だいざ》といった。炭にする木を求めて、高尾山をさまようちに迷い、生きミイラに会ったという。

「あのね、お嬢ちゃん。高尾山は、わっしの庭みたいなものなんだよ。そこで迷うなんて、おかしなことだと思うでしょ」

武蔵屋は唐桟《とうざん》の羽織の袖を、若い娘のようにくるりと振ってみせる。体格の良さと、雅趣のある着物と仕草がどれもちぐはぐで、かえってそれが愛嬌を感じさせる男だ。

「ほんの六年前のことさ。高尾山の洞穴の中であれを見たんだ。わっしゃ肝っ玉がちぢんだよ、本当に怖かったなあ」

これがうわさに聞く生きミイラのすみかだと思った大左は、抜き足差し足で洞穴から遠ざかろうとした。

しかし、土塊《つちくれ》のような怪人に捕らえられ、穴に引きずり込まれた。

「炭焼きできたえたこのわっしが、まるで赤子扱いなんだもの。生きミイラに食われる……。わっしは体が大きいから、さぞや食いごたえがあろうなあと、そんなことを考えたっけ」

武蔵屋は大きな手で大きな頰を覆った。

「万事休すと思ったとき、生きミイラさまは、わっしに火の灯った皿をくだすってな。その灯を頼りに山をおりることができたんだよ」

数年のうちに、この男は炭焼きから炭の取引に商いを替え、今では江戸でも指折りの商売をしている。

「武蔵屋さんの栄達は、やはり生きミイラさまのおかげなのですね！　わたしも、生きミイラさまに会いたい！」

調子を合わせているのか、本当に感動したのか、巴は目を輝かせている。

武蔵屋は「うん、うん」とうなずき、大きな手で合掌した。その視線がふと動き、床の間の前でうずくまっている青治を、とがめるように見る。

「これこれ、男前のおにいさん。むやみと触ったら手の形が付いちゃうじゃないか」

「これは明国《みん》の頃の金銀象眼《ぞうがん》細工とお見受けいたしましたが」

金と銀が渦巻くように組み込まれた球形の香炉《こうろ》を持ち上げ、青治はさも感嘆したような声を上げた。

香炉全体がくちばしのある奇妙な獣の姿を形作っている。なるほど唐土の品らしい造形だ。

「うん。わっしは、舶来物に目がなくてね」

武蔵屋は、やはり舶来品である唐桟の袖を、またくるりと振った。

＊

生木乃伊様御利益長者番付に載った長者をしらみつぶしに訪ね、巴と青治は八百八町をあちこち歩いた。

日ごろ居職《いじょく》の青治は武蔵屋に行っただけでくたびれて、いつにもまして無口になった。それでも、番付表を片手に根気よく歩く。剣術で鍛えた巴も、日暮れ前には青治に輪をかけたほど仏頂面になった。

「ソバが食べたい。ソバを食べないと、もう一歩も歩けない」

ソバ屋の看板を見た巴が、子どものようなことをいい出す。店にただよう出汁《だし》の良いかおりを嗅いだとたん、二人とも尻に根が生えたくらいに落ち着いてしまった。

「帰るのもおっくうになっちまうな」

「だったらいっそ、帰るのやめて、このまま二人で駆け落ちしちゃおうか」

巴は、ぶっかけソバに親の仇というほど七味を振りかけた。それを怖ろしそうに横目で見る青治は、ソバではなくて番茶を一杯だけ頼んでいる。巴はつるつるとソバをすすりながら、青治が矢立《やたて》をとりだして、懐紙《かいし》になにかを描くのを眺めた。

「今ふと思ったんだけど――ひょっとしてね、六年前の桃ちゃんも、くたびれちゃったのかも。それで、うちに帰るのがいやになっちゃったんじゃないかしら」

「どうかな」

おざなりな返答が返ってくる。

「ねえ、青さん。御利益長者番付っていっても、本当の長者は最初の武蔵屋さんだけだったわね。あとの人たちは、そこそこ繁盛しているけど、武蔵屋さんみたいに舶来品を飾り立てるほどの分限者って居なかったもの」

唐辛子で赤くなった汁を平気で飲みながら、巴は青治の絵をのぞき込む。

「何を描いてるの？」

「武蔵屋が持ってた香炉。ずいぶん珍しいものだったから――」

「彫り物の図柄にするの？　そんなの背中に彫ったら、ぶんぶく茶釜みたいよ」

「おまえも、変てこなことをいうやつだね」

青治は少しだけ笑って、またすぐに描くのに集中する。

巴は話しかけるのをあきらめて、口をつぐんだ。職人というものは、こうなるとテコでも自分の世界から出てこないのだ。仕方なく――あるいはこれ幸いと、巴はおかわりしたソバをすすりながら、青治が現実に戻ってくるのを辛抱強く待った。

青治の絵ができた頃合いをみて、巴は改めて声を掛けようとする。ところが、ふっくりしたおちょぼ口が一言も発さないうちに、相手は勘定を置いて店を出てしまった。

（こら、青治――）

置いてきぼりをくらった巴は、神田川沿いの柳の道を追いかける。

「あ、ここ？」

憤然と追いついた巴だが、文句をいおうとした口をぽかんと開けた。

「ここって、あの気の毒な博徒のおじさんが殺されていた所よね？」

「ああ」

事件現場を見るのかと思えば、そうでもないらしい。青治はまた先に立って歩き出す。その足が止まったのは、凶事の現場にほど近い小間物屋だった。

菊と櫛《くし》の絵柄の下に、『菊次《きくじ》ノ小間物』と、看板がかかっている。

「あら、柳原の菊次って――。この店の主人も御利益長者番付の人じゃないの」

「ここには、別の用があって」

青治はすたすたと店の中に入る。

後ろについて店をのぞけば、櫛やかんざしなど、娘の好みそうなキラキラしたものが並んでいた。

（青さん、わたしにかんざしでも買ってくれるのかしら）

　思わずにんまりとしかけたが、棚の向こうから聞こえる声で、巴はわれに返る。

「こらぁ、菊次ぃ！」

　聞き覚えのあるダミ声が、物騒な調子でわめき立てていた。花かんざしをさしたお嬢さん風の客が、お供の小僧を連れて逃げるように戸口から出て来る。その後ろから、粋筋の姐さんが「無粋《ぶすい》だねぇ」とぼやきながら来て、小走りに去った。

「んん？」

　巴が店に入ってみると、確かにちょっと無粋なものが見えた。色とりどりの千代紙《ちよがみ》の飾りの中に、顔を怒らせた鬼瓦が見える。いや、鬼瓦ではなく、目明かしの十郎親分だ。御用向きの剣幕で、店の主人に詰め寄っていた。

「ここでいえねえなら、自身番まで来てもらってもいいんだぜ」

　親分は得意のセリフで一喝した。

　近くで起きた博徒殺しのことで、調べに来たらしい。やりとりを聞いているうちに、この菊次という店主は、今は堅気の商いをしているものの、ひとむかし前は後ろ暗いしのぎで食っていたのだと察しがついた。

　鬼瓦の面相を前に、やせっぽちの店主は一回りも体軀を縮めている。

「青さん、先客みたいね」

「うん」

巴が横顔を見上げると、青治は懐手をして店に入って行った。

「十郎親分、この菊次さんに博徒は殺せねえよ」

だしぬけに声を掛けられ、菊次と十郎親分は同時に振り返った。「おお、青治！」

と、やはり異口同音にいう。

「親分、この旦那は悪党をしてたといっても、盗品をさばくのが仕事だ。博徒を絞め殺して、背中を焼くなんてできるタマじゃない。喧嘩したら、きっとこの巴にだって負けるよ」

青治がいうと、後から来た巴はかわいい顔で不敵に笑った。

「あー、いっときますけど、わたしは現幻無限流の免許皆伝です。あんた方が束になって来たって、こてんこてんにしちゃうんだから」

長くない腕を突き出して青治を指さし、そのまま十郎親分に向けた。親分は、つい両手をあげて降参の身振りを見せ、菊次は混乱して三人にむかってぺこぺこと頭を下げる。菊次の袖口から、竜のウロコと波しぶきの彫り物が見えた。

「菊次さん、それよか見て欲しいものがあるんだ」

青治はいつになく強引に菊次の腕をつかむと、懐中から折りたたんだ紙を取り出した。ソバ屋で描いていた香炉の絵だ。

十郎親分が巴におどかされたすきに、青治が場の主導権を奪ってしまった。十郎親分は割って入ろうと口を開きかけ、巴に袖をつかまれた。

「十郎親分。せっかく来たんだから、おかみさんに櫛の一つも買っておいきなさいよ。今夜のお膳にお銚子が一本よけいに付くかもよ」

「それよか、巴先生。ありゃあ、何でえ？」

手渡されるままに柘植《つげ》の櫛を無骨な手のひらに載せて、十郎親分は青治たちのやりとりを窺った。青治は、たたみかけるように香炉の絵を菊次の顔の前に差し出している。

「菊次さん。他でもねえ、昔とった杵柄《きねづか》をあてにして来たんだ。おまえが悪党だった時分、こういう香炉を、見たことはないか」

「お――おう」

かつて悪党稼業をしていた菊次には、良い品と怖い人間には目が利く。そして、弁明する間もなく見せられたのは――。

「こいつは、驚いたよ」

青治の絵を見て、菊次が顔色を変えている。

「こりゃあ、西国大名の江戸屋敷から、ハシ小僧が盗み出したもので……」

菊次が口ばしった。

ハシ小僧?

離れたところから窺う巴の丸顔と親分の鬼瓦が、同じ表情で菊次を見た。

「すわ!」

巴と十郎親分が、われがちに菊次の胸ぐらをつかむ。

「た、助けてくれ——助けて、青治」

いわれるまでもなく、青治は渾身の力で十郎親分を押さえ込み、手振りと目つきで巴を牽制した。

「菊次さん、おまえはあのハシ小僧の盗んだ物まで、売りさばいてたのかい」

「それは……」

「早く、今ここで全部白状しちまえ。さもなきゃ、こいつらに殺されるぞ」

巴たちを目で示し、青治はせっぱ詰まった声を出す。

「わかった。わかったから。——もうむかしのことなんだから、堪忍してくださいよ」

道場仕込みの殺気をみなぎらせる巴と、捕り物仕込みの迫力でせまる十郎親分を見比べて、菊次は早口で語り始めた。

「確かに、あたしはハシ小僧の持ち込むものを、扱ったりもしたよ。……あれはハシ小僧が雲隠れする少し前だね……やっこさん、この香炉を大名屋敷から盗み出して、あたしのもとに持ち込んだのさ。そう、いうまでもねえ、買い手を探してくれと頼まれたんだよ」

菊次は、目利きとしての評判と、良からぬ人脈にかけては、ちょっとしたものだった。

「引き受けたのか」

「とんでもない。大名の持ち物なんて扱ってたら、あたしみたいな細っこい首なんか、いくらあっても足りゃしない。お断りだときっぱりいったら、ハシ小僧のやつは怒ってさ」

怖い相手だからこそ盗み甲斐がある。せっかくの戦利品に難癖つけられるくらいなら、自分の物として隠しておこう。ハシ小僧はふくれっつらでそういうと、香炉を持ち帰ってしまった。

菊次はそこまでいって、急に目を輝かせた。

「青治、おまえがそれを持っているってことは、ハシ小僧の宝蔵を見つけたのかね」

「いいや。これは今では、とある分限者の持ち物になってる」

青治はさらりといって、相手と視線を合わせた。

「ところで、おまえさんとハシ小僧のことを、もう少し聞かせてくれねえか」

「え……」

菊次は恨みがましく青治を見上げるが、殺気を隠さぬ巴と十郎親分を見て観念したようにうなだれた。

「ハシ小僧が消えて六年になるかね。田舎に引っ越して隠居したとか、改心してご公儀のお庭番になったなんてうわさまで出たもんだが、馬鹿いいやがる。ハシ小僧は死んだに違いないと、あたしはピンときたよ。やっこさんは、泥棒になるために生まれてきたような男だ。そんな人間ってのは、死なきゃ稼業はやめられないんだよ」

そういってから、菊次はあわてて「あたしは違うけど」と付け足す。

「どこで死んだか知らないが、無縁仏の墓なんか見るたびに、どうか成仏してくれと手を合わせたものさ。――おかしなことに、ハシ小僧がおかくれになった頃から、あたしもだんだん悪い商売がしづらくなった。何をしても裏目に出てさ、犬小屋で寝起きしていたくらいで。お縄を受けるか飢え死にするかって時に、つい馬鹿なことを思いついちまって」

菊次はハシ小僧の宝の隠し場所を探そうと考えたという。

ハシ小僧は用心深い男だったが、菊次とて人の腹をさぐるのには長けている。ことに、悪党の腹の底を推理するのは得意だ。

「秩父の山を沢沿いに登ると、三日月の形に似せた岩がある。それが目印だ……そんなことを聞き当てていたのを思い出して、行ってみたのさ」

「秩父の山か」

青治は、ぼそりとひとりごつ。

結局のところ、菊次はハシ小僧の宝を見つけることができなかった。代わりに行き着いてしまったのが、化け物の棲んでいる洞穴であった。

「ひょっとして、それが生きミイラの洞穴なの？　秩父で？」

さっきまで怖い顔をしていた巴が、いつの間にか興味津々と聞き入っている。巾着から出した生木乃伊様御利益長者番付のすみっこに記された菊次の名と、当人の顔を見比べた。

「そのとおりですよ、お嬢ちゃん」

菊次は、おっかなびっくりの笑顔をつくった。

「ありゃ化け物ではなく、ただの人ですよ。ボロを重ね着した人間だった。獣の肉をあぶって食っていて、あたしにも勧めてくれましてね。野郎は生きミイラだから食っているのは人の肉かとも思ったけど、こっちだって死ぬほど腹が減っていましたから、ままよ、食ってしまいました。それが本当にうまかった」

おかげで命拾いをした、おまえさまは命の恩人だと菊次が拝むように礼をいうと、相手は垢だらけの顔で笑った。その様子はやはり人というより妖怪というべきものだったが、うわさで聞くような凶悪な食人鬼とも思えない。

「どうやら食われずにすみそうだ。それならばと思って、話に聞く御利益の皿をねだってみましたらね」

――おまえもこの皿が欲しいのか。ここに来た者は、不思議とこれを欲しがる。

生きミイラはそういって、江戸までの帰路も教えてくれた。

実際に、山の小道は複雑に絡みあっている。生きミイラの親切がなければ、菊次は到底ふもとまで降りることはできなかっただろう。

「結局のところハシ小僧の宝なんて、見つけられなかったんですが。だけど、あたしはあの時から変に気持ちが正直になってしまってね」

生きミイラの洞穴から無事に帰り着いた後、菊次は悪い商売から完全に手を引いた。

この柳原のはずれに店を借りて、小間物売りを始めたのである。当人が前向きになった分だけ、商いは繁盛している。

「これで、話はおしまい」

「おしまいだと？　ハシ小僧のことは、どうなるんだ」

十郎親分が凄んでみせるが、腹の中のものをしゃべり尽くした菊次は、せいせいとした顔を左右に振るだけだった。

＊

細い月の下、六道館のいかめしい門の前に、いつものソバ屋が屋台をおろしていた。

少し離れた場所に、表店の隠居がしまい忘れた床几《しょうぎ》がある。それに並んで腰掛け、巴はソバをすすり、青治は煙管《きせる》をふかしている。

むつまじい様子で寄り添いながら、実際にはもう半時《はんとき》（約一時間）も互いに口をきいていない。それどころか、二人それぞれが眉根を寄せて虚空をにらみ、異様な気配をただよわせていた。

やがてソバの最後の一本をすすり終えた巴が、渋面のままつぶやく。

「やっぱりね」

「そうなるか」

青治は短く応じて、床几の端に煙管をぶつけて灰を落とした。

二人はそのまま挨拶の言葉もなしに、顔を見合わせるでもなく、それぞれの住まいに足を向ける。そんな緊張した気配に耐えられなくなり、ソバ屋が巴に向かっていつもどおりの言葉を投げた。

「巴先生。こんなに遅くにソバ食って寝たら、朝飯がのどを通らねえだろうにさ」

「それが不思議と、どっちもおいしく食べられるのよ」

ふだんどおりの笑顔にもどると、巴は通用口から屋敷に戻ってゆく。ソバ屋は首を傾げながら、その後ろ姿を見送った。

それから十日ばかりの間、生きミイラ出現のうわさが江戸市中を席巻《せっけん》した。

五

夕焼けの中で突然に降った時雨《しぐれ》が、夜半になってぶり返した。

木戸のわき、雨になぶられるヤツデの葉が「おいで、おいで」をするように揺れている。吹き付ける風が雨戸や戸板を鳴らして、火の用心の拍子木の音さえ掻き消してしまう。その雨風に紛れて、黒くて大きな人影が木戸番のくぐり戸にまさかりを振り下ろした。

影は要領良くくぐり戸を壊すと、町の中に入り込んだ。

ぼうぼうに毛羽だった全身が雨で洗われ、黒いしずくが流れ出る。そいつが通った道には、真っ黒い水の筋ができてゆく。

侵入者は路地の角をまがって、新道に面した剣術道場の前を風と同じ速さで駆け抜けた。

裏長屋の木戸口を通り、どぶ板を避けて軒下を進む。

たった三坪ばかりの小箱のような住まいが連なり、その一軒の前を黒い影が通り過ぎたとき、不意に赤ん坊の泣き声がした。

——ふぎゃあ、ふぎゃあ、ふぎゃあ——。

赤ん坊はいきり立った猫のような声を上げ、若い母親の声がして灯火がともった。

——はいはい、坊やはよい子だ、ねんねんよ。

投げやりな子守歌が、雨音の中で尻切れに消えてゆく。

黒い侵入者は逃げるように足を速め、長屋のすみの少しばかり広い一軒の前で止まった。こんな寒い雨の夜だというのに、隣に置かれたごみ溜からは異臭がしていた。

「ちッ」

侵入者は、舌打ちをした。

手に提げたまさかりを持ち直し、戸を壊す。町の木戸を壊したのに比べたら、造作もない仕事だ。

闇に慣れた目で狭い土間に上がり込むと、かねてから聞いていたとおりの間取りを一瞥《いちべつ》で確認し、中に押し入った。

貧しい仏壇を置いた部屋には、老いた女が居るはずだが——留守だ。

（なぜ、ばばあが居ねえ？）

それが、どうにも釈然としなかったものの、だらしなく破れた障子を開け放ち、侵入者はようやく太い息をついた。

あれから六年も経って、こうも立て続けに人を殺めることになろうとは――。

今夜、あの時と寸分違わない格好をして来たのは、気持ちを奮い立たせるためだ。

しかし、侵入者は、たちのぼるおのれの殺気に、自ら怯《おび》えていた。だから、全身から黒いしずくが垂れていることには、気付く余裕もない。

（やはり、居やがった）

隣の四畳半では、せんべい布団にくるまって、ひょろ長い体格の男が寝息を立てている。

（こいつ――こいつ、約束を破りやがって。のんきに、寝てなんか居やがって――）

頭に血がのぼる。

その血の力をたよりに振り立てたまさかりが、男の頭をたたき割る刹那――。

横たわる男の足が、侵入者の向こうずねを蹴った。

「――！」

予想だにしない反撃で、黒い侵入者は巨大な体軀をのけぞらせ、ひっくり返る。

同時に、がんどう提灯の鋭い灯りが、侵入者の巨体を照らし出した。

「悪党、覚悟しろ――！」

黄色い声が空気を裂き、同じ瞬間、激しい衝撃が胴に走る。

侵入者は悲鳴を上げた。

小柄な女が侵入者の眉間に木刀を突きつけ、全身から殺気をほとばしらせている。

侵入者は、自分が殺すはずだった相手が、むっくりと起き上がるのを見た。

「ち、違う――こいつじゃない」

間一髪でまさかりの一撃を逃れたのは、まげも結わず髪を一本にむすんだ優男《やさおとこ》だった。

「覚悟しろ、覚悟しろ、覚悟しろ――！」

事態を理解できずにいるうちにも、容赦なく木刀が振り下ろされる。

「巴先生、そこまで、そこまで！」

がんどう提灯を持った強面の男が、あわてて女の木刀を止める。

打ち手は女とはいえ、得物《えもの》は木刀とはいえ、熊をも倒すような攻撃だ。

こちらを見下ろす優男の冷たい視線を浴びながら、侵入者は失神した。

「何者なんだ？　こんな煤《すす》だらけの蓑《みの》なんか着やがって」

がんどう提灯を持った十郎親分が、侵入者の顔を上向ける。

「こいつは？」

侵入者は、かつて炭焼きをしていた頃の蓑を着込んだ、武蔵屋大左衛門だった。

＊

「どういうことか、説明してもらおうじゃないか」

夜の間だけ部屋を貸せといわれたお錦は、代わりに泊まっていた青治の家から駆けつけるなり、怖い声を上げた。お錦の住まいは、蓑から流れ落ちた煤まじりの雨水と、捕り物騒ぎとで、ひどいありさまになっている。

がんどう提灯をぎらつかせた十郎親分。

悪鬼のように目を怒らせた巴。

青白い顔で、やはり怖い顔をした青治。

この三人が見おろすのは、縄を打たれた大男だった。

「うちの大事な桃助の部屋に入り込んで、この男は泥棒かい」

「泥棒じゃなくて、人殺しさ。桃助を殺しにきたんだ」

「青ちゃん、馬鹿をいうものじゃないよ。桃助ならもう六年前に……」

桃助ならもう六年前に死んでしまった。その言葉が口をつき、お錦は自分でも驚いて顔を覆う。傍らに居る巴が、お錦の肩を抱いた。

「おばちゃん。桃ちゃんはね、六年前にたった一人でハシ小僧の隠れ家を見つけたのよ。そこは秩父の山の中の、凄く面倒くさい場所にある洞穴だったの。生きミイラのすみかといわれているのが、その場所なんだけどね――」

「人食いの生きミイラが秩父の山に居る。そういううわさが流れだしたのは、ハシ小僧が秩父の隠れ家を使い出した頃だ。ハシ小僧はそこに盗品を貯め込んでいたんだ」

青治が言葉をつなぐ。

「ハシ小僧は気味の悪い話をこしらえて、山で働く者を洞穴から遠ざけるつもりだったんだろう。海や山で糧《かて》を得るには、八百万《やおよろず》の神さまに祟られたらおしまいだ。だから、案外と他愛ない化け物の話も、宝を隠すには役立った。けど、それが怪談なんぞになって、江戸にまで広がり出した。――十郎親分が息子をおどかす時に語って聞かせたのが、この生きミイラの話だよな」

「おう」

がんどう提灯で武蔵屋を照らしたまま、十郎親分が太い声でうなる。

「でもね、ある時を境に生きミイラの話の色合いが変わったのよ。生きミイラのうわさを作り替えたのは、あんただわよね」

巴が木刀で畳をたたく。

威嚇された武蔵屋は、精一杯にふてくされた表情を作った。

「新しい怪談はこうよ。――生きミイラの洞穴は、どこにでも現れては消えるんですって。生きミイラは人間を捕まえて食べるけど、もっとたくさんの獲物を誘い出すため、捕まえた人に御利益をあげて、わざと逃がしてやることがある。おかげでその人たちは、お金持ちになれる。とりあえず、めでたし、めでたし。――だけど生きミイラからお宝をもらったのは、あんただけなのよ！」

巴が振り立てた木刀が、武蔵屋の眉間の手前で止まった。

「生きミイラに会ってから富み栄えたって人は、御利益をもらったという暗示にかかり、それで商売をがんばっちゃったの。大まじめにはりきって働いたから、自然とお金もたまったわけ。たった一人だけ、武蔵屋大左衛門だけが、生きミイラに会ってから、富と暇を持てあましているのよね」

「巴ちゃん、あんたの話がよくわからないんだけどね」

「おばちゃん、いい？　この男は六年前、秩父の山で偶然に生きミイラの洞穴に迷い込んでしまったのよ。その時には、洞穴はまだ盗賊ハシ小僧の隠れ家だった。お宝が、いっぱい隠してある隠れ家だったの」

力自慢の炭焼き大左に比べ、名うての盗賊であるハシ小僧は意外にひ弱だった。

大左は、宝の持ち主である盗賊が体格も腕力も、自分に劣ることを一瞬で見切った。

魔が差したのか、あるいはそれが大左の本性だったのか。

洞穴にたくわえられた金銀に、目がくらんだ。大左はその場に居たハシ小僧を捕まえると、打ち殺してしまったのである。

「そして、ハシ小僧の盗品をそっくりネコババしてしまった。財産の出所をごまかすために、手っ取り早く利用したのが生きミイラのうわさだったのよ。元々はハシ小僧が宝を隠すために作った怪談を都合よく変えて、自分は生きミイラの御利益により富を授かったことにしたわけね。こうして生きミイラは、恐ろしいけど幸運もくれる、ややこしい化け物に変わったの。秩父の山だというのを隠すために、洞穴が高尾山とか筑波山とか、あちこちに出没する……なんて話に変わったのもこの時なのよね」

「あらまあ」

「それよか、この大左にとって具合が悪かったのは、その同じ場にハシ小僧を追って桃ちゃんが来ちゃったこと。ハシ小僧を殺した現場で、こいつと桃ちゃんが鉢合わせしちゃったの」

その一言で、お錦の顔がさっと青ざめた。

捕らわれた大左は、お錦の様子を見て得意そうにわめきたてる。

「確かにやせっぽちの若造が、突然に現れたかと思ったら、腰を抜かしやがった。あれで捕り方とは片腹痛え。悪党を捕まえるのが捕り方の役目なら、それができなきゃ悪党に殺されるのもまた仕事というもんだろう」

「なんだって——この外道め、うちの桃助を殺したのかい——殺したのかい！」

「おうさ、殺したわい。あの貧相な若造のおっ母さんよ、悪いがおまえさまの不出来な息子は、あの盗賊と同じようにわっしがネジ殺して捨ててやったぜ。最期まで命乞いして、みっともないことだったよ」

聞いていた青治が、呆れた顔をする。

「つまんねえウソは、よしな」

「なんだと?」

「おれたちが、なんにも知らないで、おまえを罠にはめたとでも思うのかい?」

「畜生、なにを知ってるというんだ」

青治の様子が落ち着いていることで、大左はようやく自分の置かれた立場に気付いたようだった。犯した罪も犯さぬ罪も、一切合財《いっさいがっさい》が見抜かれている。そう了解することは、大左のゆがんだ自尊心を粉微塵《こなみじん》にした。

御定法では、十両盗めば首が飛ぶ。十両どころじゃない金をネコババし、ハシ小僧とその弟分を殺して、どうせ、スッ飛ぶこの首だ。こうしてみじめに這いつくばってもなお、お錦をからかうことでどうにか平静でいられるというのに——。

「おれは、あの捕り方の若造を殺したんだよ。このばばあの息子を殺したんだよ!」

大左の声は居直るどころか、なんだか懇願でもしているように聞こえる。

青治はせせら笑った。

「桃助が死んでいるのなら、おまえはどうしてここに来たんだ? ここに、桃助を殺しに来たんだろう? このところ生きミイラが江戸に出没するといううわさを流したのはおれたちだ。あのうわさ、おまえにだけは別の意味で伝わったはずだ。——桃助は、おまえとの約束を破って江戸にもどったぞ――ってな」

「ああ、青ちゃん、巴ちゃん。やっぱり、おまえたちのいう意味がわからないよ」

いらいらと見上げるお錦に、巴が笑いかける。

「桃ちゃんは生きているのよ。こいつのせいで、生きミイラにされちゃったの」

＊

沢沿いに登ると、三日月に似て弓形をした岩を見つけ、そこから先に大きな窪地があった。大きな榎の右に百歩行くと崖。崖のむこうには楓が見える。

「サワノツキ――アナ、ユミ拾参――エノキ――メ百――ガケ――カエデ四拾……」

十郎親分は、青治が客の背中から写し取った符丁を片手に、ぜいぜいと肩で息をした。対照的に、傍らを行く巴は、野ウサギのように元気がいい。

「ユミってのが、弓手《ゆんで》……つまり左。メが馬手《めて》……つまり右。数字は歩数で線は方向。絵図だとわかっちゃえば、案外と簡単ねえ」

「口でいうのは、確かに簡単だけどなあ」

木のこずえを透かしてお天道《てんとう》さまを眺め、親分は心細い声を出す。

ハシ小僧の残した彫り物の符丁が、宝蔵への案内図だといい出したのは青治である。その当人は、ふもとの辺りでとっくに伸びてしまっていた。

おかげで、十郎親分と巴による秩父の山の道行きとなったのだが、これがひととおりではない。江戸の町では坂を駆け、戸板をぶち破る、神出鬼没の十郎親分も、山歩きは勝手が違いすぎる。

「ひょっとしたら、おれたちは間違っているんじゃないのか？」

「なにが？」

「生きミイラの怪談は本物で、洞穴は今ごろは箱根か筑波山をうろついてて、ここじゃ見つからないんじゃないかな」

ぼやく十郎親分の前で、絵図をのぞき込んだ巴が、灌木の枝を掻き分けた。

晩秋の太陽を背に、茶色に枯れた葉が降る。その向こうに、橙《だいだい》色の灯りが見えた。

「あった！　ここが、ハシ小僧の宝蔵よ！」

巴が甲高《かんだか》く叫ぶ。

そこには黒い洞穴が口を開けていて、一筋の灯火だけが揺れている。足もとに転がるのは、金銀ではなくばらばらにされた骨の山で、その隙間で黒い虫が跳ねた。

「きゃあ」

巴は悲鳴を上げると、親分の背中に無理やり負ぶさる。

こちらの声を聞きつけたのか、洞穴の奥底にうずくまる怪人が、おずおずと振り返った。

立ちこめる異臭に、巴と親分は息を止める。

「くさい」

「だれだ?」

そいつはいった。見世物のミイラが口を開いたように見える。しかし、やつれにやつれた目鼻は、巴にも十郎親分にも見覚えのあるものだった。

「うわあ」

硬直して見つめ合う双方は、やはりどちらともなく獣のような声を上げた。

巴たちは、六年ぶりに桃助との再会を果たしたのである。

＊

「炭焼きの大左はハシ小僧を殺し、すぐにおいらを見つけたんだ。あいつ、最初はおいらのことも殺そうとした」

六年前、秩父の洞穴で不運な鉢合わせをした後、大左は桃助を山に置き去りにした。

「よく殺されずにすんだものだよ。それだけでも、良かった」

十郎親分は、自分の倅《せがれ》にするように、桃助の頭をなでてやる。

「それは、おいらが情けなさすぎて――」

桃助が大声で泣きながら命乞いする様子に、さすがに自分のしていることの怖ろしさに気付いたのだと、後に武蔵屋大左衛門も証言した。

ただし、決して江戸には戻ってくるな。生涯この迷路の真ん中で暮らせ。ここで見たことを誰にもいうな。この約束を違えたら、必ずおまえを殺す。おまえの母親も殺す。友だちも仲間も、あの盗賊と同じように殺してやる。

桃助はそうおどされて、ハシ小僧の隠れ家に住み着いた。

まれに洞穴に迷い込んで来る者には、山で獲った獣を焼いて食わせて介抱し、相手が欲しがるままに皿を持たせて帰してやった。

「なぜだか、灯明皿《とうみようざら》はしこたまあってさ」

「どうして、迷い人たちに事情を話して助けを呼ばなかったんだ。いや、その迷い人たちだって自力で山から出られたんだから、おまえだって降りて来られぬわけはあるまい」

「江戸に戻れば殺すとおどされていたから――」

桃助はすねた子どものような顔になり、それからむっつりと黙り込んだ。

「本当は、江戸にはたまに来ていたんだよ。つい先だっても、巴ちゃんやおっ母さんの顔を見て、青治の家の窓をのぞき込んで――それからまた洞穴に戻っちまった」

「どうしてなのよ！」

十郎親分と並んで、巴が怒り出す。

ひげと月代を剃り、まげを結って着物を取り替えた桃助は、それでもどこか人外魔境のものの気配を残して、しゅんと肩をすくめた。その姿は、東両国で見る見世物の化け物みたいで、変に同情をさそった。

「ごちゃごちゃした裏長屋で、おっ母さんから赤ん坊みたいに世話されて、おいらって大人なんだか子どもなんだかわからねえ……そんな所にまた戻るのかと思ったらさあ」

「馬鹿」

巴が丸めた拳で、剃りたての月代の辺りを叩く。

「お錦おばちゃんはね、桃ちゃんが帰ってくるようにと家移りもしないで、ずっと神さま仏さまにご祈禱をして、生きているって信じてたんだから。それでなくちゃ、わたしたちだって、あんたを探し出そうなんて思い立たなかったわよ」

「そりゃあ、ありがたいけどさ」

桃助は、日に灼《や》けた畳に「の」の字を書く。

その様子をいらいらと見ていた巴は、ついに本気で怒って桃助の襟首をつかんだ。

「世間にはね、一人で居たくなくても一人ぼっちの人だって居るんだから！」

「いや、おれはどっちかというと、一人で居たい」

煙管をくわえた青治が、ぷかりと青い煙を吐く。

「しかし、もどって来た祝儀だ。桃助よ、背中に生きミイラの彫り物を彫ってやろう」

「いやだ、助けて」

「遠慮するな。そら、背中を出しやがれ」

青治は珍しくはしゃいだ声を上げ、生きミイラとして六年間も山暮らしをした桃助は、怖ろしい速さで母親の長屋に逃げ帰った。

「馬鹿なんだから」

呆れたように二人の後ろ姿を見送る巴は、遠くからくるソバの屋台を見つけると、やはり一目散に駆けて行った。

第二話

太郎塚

一

六道館のシゲは、町内一のやんちゃ坊主だ。

六道館で養われている孤児仲間と、近所の長屋の子どもたちを相手に、果し合いごっこだの、剣術試合ごっこだのと、荒くれたごっこ遊びに余念がない。それに飽きると、皆を引き連れての妖怪探索である。

都合のよいことに、化け物屋敷もまた近くにあった。

太郎塚《たろうづか》という正体不明の塚を隠したお屋敷だ。

「結城《ゆうき》屋の太郎塚の話、知ってるか」

「太郎塚の中には、太郎が居るんだ」

「塚ってのは、土盛りした墓のことだよな」

「墓の中に居るなら、幽霊なのか？」

薬種店《やくしゅだな》・結城屋は、日本橋の真ん中を貫く大通りに店を構えている。敷地内に建つのは、広いお店とお屋敷と、大蔵と中蔵と米蔵と——それから庭園のすみにあるというナゾの太郎塚。

シゲに率いられた子どもたちは太郎塚を見ようと、結城屋の広い敷地を囲む塀によじのぼり、そのたびに強面の番頭に追い払われた。

そのシゲの身に、思いもよらぬ養子話が舞い込んだ。

彼を跡取り息子として貰い受けたいといってきたのは、他でもない、結城屋だったのである。寒のゆるみ始めた二月朔日《ついたち》のことだった。

親代わりの巴——六道館の師範代に連れられて、シゲは結城屋にやって来た。

表通りの角から角まで、間口がおそろしく広い。延々つらなる立派な瓦屋根を見上げて、シゲはあらためて啞然とした。

（いったいなんの因果で、おいらがここん家《ち》の子になるんだ？）

見れば巴も口をぽかんと開けて、結城屋の威容に圧倒されている。剣術の先生といっても巴は小柄な小町娘だから、シゲと並べば姉弟のように見える。シゲはなんだか急に照れくさいような、それでいて心細いような心地にとらわれた。どうしていいのかわからなくて、鼻の穴をほじくってみる。

「シゲ、こら。鼻ほじくらないの」

「うるっせえや」

わざわざ両手の指を鼻に突っ込んだシゲの頭を、巴が平手で叩く。

「まあ、まあ。仲良しですねえ」

迎えに出た年配の女中がしらが、二人を見てにっこりした。

ともあれ、その日のうちに子ども風のまげを結われ、上等の着物を着せられて、帯までしめられた。

「よく似合ってるわ。馬子《まご》にも衣装、シゲにも衣装」

巴が感心しているので、ちょっと得意な気分になった。シゲは身ぎれいにすれば、なかなかの美少年なのである。六道館の皆に自慢してやりたい。でも、ちょっと照れくさい。

「こうして見ると、シゲちゃんは前のおかみさんに、不思議とよく似てますよ」

女中がしらが、指の背でシゲの頬をなでた。水仕事で荒れた手指が、赤い頬にざらりとした感触を残す。

「なんてかわいい若旦那だろう。おヒナさまみたいだよ」

「馬鹿ねえ。男の子におヒナさまもあるものか。人形なら、五月人形だろう」

女中たちに磨きたてられ、シゲは本当に工芸品のようになってしまった。そんな様子を見守る巴は、シゲがこれまで見たこともないほど優しい顔をした。

「わたしはそろそろ、おいとまするからね、シゲ。さよなら」

「え」

急に、冷たい手で胸をわしづかみにされたような心地になった。寂しい……。六道館の喧騒の中で育ったシゲは、かつて感じたことのない孤独感に襲われた。

「シゲ、今日からあんたはここの子だよ。一人で大丈夫だね？」

「…………」

いつもの憎まれ口は、出てこなかった。

シゲはその夜は一人で泣いた。胸がつぶれるほど寂しくて、太郎塚の夕の字すら、思い出さなかった。

翌朝になると――新しい父に呼ばれて、名前まで変えられた。
父・由十郎《よしじゅうろう》から付けられた名は、次郎《じろう》だった。
（次郎たぁ、やべぇぜ。まったく剣呑だ）
まだ十歳のシゲ――改め次郎は、いっぱしの擦《す》れっ枯らしみたいにひとりごつ。次郎という新しい名が、ここが太郎塚のある家だと思い出させてくれた。

そもそも、子どものない結城屋に、シゲは跡取り息子としてもらわれたのだ。跡取りということは、長男である。それなのに、どうして太郎ではなく、次郎なのか。

答えは簡単だ。結城屋には太郎という者がすでに居るのだ。……誰も見たことはないけれど。

次郎は日が経つにつれて、太郎の存在をいよいよ強く意識するようになる。部屋のくらがりに、風呂桶の底に、膳に並んだ汁椀《しるわん》の中にまで、次郎はこちらを見張る太郎の気配を感じた。

「次郎坊ちゃん、そろそろ手習いを始めますよ」

「はい、番頭さん」

シゲから次郎になったとたん、強面の番頭までが彼をこれまでの「クソガキ」ではなく「坊ちゃん」などと呼び始めたのはこそばいことだったが、次郎もまた「クソガキ」から実に行儀の良い少年に早変わりした。

改心したのではない。目には見えぬ太郎に怯え、来る日も来る日も、すくみあがっていたのだ。自分の住む家に得体の知れない場所がある——怖ろしい者が近くに居るというのは、好奇心にまかせて外から覗き込むのとはわけが違う。

「こ——こんちきしょうめ」

結城屋の養子になって十日目。そんな臆病さにわれながら嫌気がさして、次郎は心を入れ替えた。「六道館のシゲ」と怖れられた悪童の沽券にかけて、太郎塚の秘密を暴いてやると決めたのだ。

朝餉《あさげ》のあと、次郎は手習いをすっぽかして庭園に逃げ込んだ。

江戸の真ん中に、武蔵野の風情を盛り込んだという庭は、景色はいいが見通しが悪い。それでも葉を落とした植え込みは、はだかの枝を早春の日差しで銀色に光らせ、向こうにある池を透かして見せる。どんな仕掛けなのか、ここには小さな滝まであるらしい。

柿の枝に、正月に食べ残したミカンを刺してあるのは、店主の妻——新しいおっ母さんのしわざだ。これを目当てに小鳥が来て、不思議とおっ母さんの弾く琴に調子を合わせてさえずる。

（もったいねえぞ、おばさん）

まだ鳥に食われていないのをいいことに、次郎はミカンを取り上げて、水音のする方に向かった。

池に渡した太鼓橋の真ん中に立ち、寒い水面を眺めながらミカンを食う。

熟《う》れ過ぎて少し変な味がしたが、かまわず飲み込んだ。六道館にいた頃には、これくらいなら孤児仲間で喧嘩して奪い合ったものだ。

「ショウちゃん、ツヱ、サカナ、長太、トンボ兄イ、おハナ――。巴先生――」

甘い実をかじるうちに、六道館の面々の名前が口をつく。「巴先生」とつぶやいたとき、涙が込み上げてきた。

見る者が居るわけでもないけれど、目頭などぬぐうのは自尊心が許さない。そこで、下まぶたにたまった涙をひっこめようと、両目を見開き顔の筋肉に力を入れた。

異様なものを見たのは、そのときだった。

離れた場所で咲く白と紅の梅の間を、背を丸めた人ともつかぬ何かが横切った。

気を取られたすきに、頰を一粒ずつ涙が伝う。

しかし、このときは胸に迫った寂寥《せきりょう》など消し飛んで、次郎はただ驚いて目を見張った。

梅の木の向こうに出現したそいつは、人間の大人ほどの背丈だった。凄いボロの着物を着て、がっくりと落とした肩に、のばし放題の髪が掛かっている。背を丸め、両手を前に垂らして歩く姿は、この世の生き物とは思えなかった。

(あれが太郎塚の――太郎なのか?)

逃げるか――いや、逃げない。

次郎はこぶしで乱暴に涙をぬぐう。

男のくせに泣いてしまったことで、次郎は自分に対して、落とし前を付けねばならなかった。怖じけてこわばる足に力を込め、食べかけのミカンを放り投げて、次郎は梅の花の中に駆けてゆく。

(正体をあばいてやる。太郎塚の秘密を見破って、みんなに教えてやるんだ)

そう決めると、地面を蹴る足にも力がわいてきた。

茶室の前を通り過ぎ、米蔵、炭小屋を経て、敷地内にある建物をぐるりと回った。

一方、追って来る次郎には気付かない様子で、相手は太った体を左右に揺らして進む。

その足が止まったとき、次郎も足を止めた。

風が顔に向かって吹き、思わず両手で鼻と口をおおう。

太郎とおぼしき男は、ひどい悪臭を放っていた。ながいこと風呂に入っていない、垢《あか》のにおいだ。

「あれ?」

悪臭に慣れるにつれ、次郎は景色の変化に気付く。

(なんだ、ここ?)

通り過ぎてきた庭園とはうって変わって、そこはまるで死に絶えたような場所だった。

掃除されないまま腐った落ち葉の下から、倒れて苔むした石灯籠《いしどうろう》がのぞき、すぐそばに掘っ建て小屋がある。大店の庭園にあるべくもない、粗末な小屋だ。

その戸口のわきには、次郎たち家族が使うのと同じ、きれいな漆塗りの箱膳が置かれていた。

(あいつも結城屋の家族なのか?)

男は、むしろを掛けただけの戸口から、小屋の中に消えようとしていた。

その顔がふと傾いで視線が向いた先に、不自然なほど丸く整えられた塚があった。

(あった。太郎塚だ!)

次郎が声を出さずに叫んだとき、男が猪首《いくび》を回してこちらを見た。

——あああぁ、太郎ぉ!

そいつは次郎を指さしてそう叫んだ。

黄色くにごった目が、まるで人魂《ひとだま》みたいに光る。のばし放題の髪とヒゲをなびかせ、ひどい悪臭をまき散らしながら、そいつは次郎に向かって来た。

「わあああああぁ」

もはや男の沽券もあったものではない。次郎は大声を上げて泣いた。

のびてくる太い腕がこちらの肩をつかむ寸前、次郎は吠えるように泣いたまま、身をひるがえして逃げる。

炭小屋と蔵の前を抜け、塀によじ登り、表通りに飛び降りた。

店の前を掃いていた同年ほどの小僧が、虚をつかれて手を止める。

「坊ちゃん、どちらへ？」

小僧に声を掛けられても、次郎の足は止まらなかった。

「太郎ぉ――太郎ぉぉ――」

追いかける男は、声を裏返らせて呼ばわる。ざんばら髪にむさくるしさを極めた風体。その怖さときたら、ひととおりではない。しかし、次郎にとって救いだったのは、追手の体が重くて、塀を越えられなかったことだ。

「太郎ぉ、太郎ぉ」

「わぁあ、わぁあ」

追う男のしわがれ声と、逃げて行く次郎の泣き声が、不思議と調子が合っていた。

二

道場わきの六畳間、少年らしいまげを結った次郎を前に、巴はきりきりと目を怒らせている。

「巴先生……。そういうわけで、もうあんな怖ろしい屋敷にはもどりません」

「なにが、そういうわけで、よ」

巴は一重の目をつり上げて、次郎を見すえた。

代々のソバ好きと高速の剣戟《けんげき》に加え、六道館のもう一つの伝統は、仁と慈である。災害のときの炊き出しはもちろん、この剣術道場は二百年以上も、世のため人のために働いてきた。迷子を見れば助け、捨て子を見れば引き取って、独り立ちするまで育て上げる。

関ヶ原合戦の時代に生きた開祖は、当時の殺伐とした世情に嫌気がさし、むしろおのれが救われるために「優しい生き方」を本分と決めたのだ。丸顔やソバ好きとともに、この性格は確実に子孫に遺伝した。

「もし他に奉公に行ったら、かならず立派に勤めてみせるから。結城屋にもどすのだけは、やめてください。お願いします」

次郎は今さっきすりむいたひざ頭を手で隠して、すがるように巴を見る。

(この子ったら、たった十日で、なかなか立派な坊ちゃんになってるじゃないの。結城屋さんのしつけって、たいしたもんだわ)

巴は、怒った顔の下で感心もしている。

「人足置き場でも、岡場所の下足番でも、おれは文句はいわねえよ。んで、お給金をもらったら、必ず巴先生にソバをおごるからさぁ」

「ひとを、ソバの亡者のようにいうな!」

ゆっくり感心する暇もなく、巴は一喝した。

次郎は膝を折った格好のまま、びくりと飛び上がる。

「まったく、あんたって子はねえ――」

赤ん坊の時分、次郎は旅稼業の行者に連れて来られた。

小さな頃から大変なきかん坊で、十年の間に近所の子どもたちの親分に成り上がった。

どこで覚えてきたのか、さいころ博打の真似をして、これがまた怖ろしく強い。将来は本当に、博徒の大親分にでもなってしまうのではないか――。そう案じていたときに、近くの薬種店から養子の話が来たのである。拾い親の行者が世話をやいて、養子縁組を実現させたのだ。

しかし、六道館きってのワルガキが、すんなりと結城屋の坊ちゃんにおさまるとは、巴とて最初から考えていなかった。

「太郎塚だか何だか知らないけど、怪談なんかにかこつけても無駄よ。あんたは結城屋さんにもどるの！　日本橋でも指折りの大店にもらわれたのに、岡場所で働きたいだなんて――この馬鹿たれ」

巴がきつい声でいい放ったとき、縁側に向いた障子が開いた。

「先生、ごめんくださぃ」

孤児仲間からサカナとあだ名を付けられた娘が、行儀良くひざを折って会釈をする。

「ん？　おカナちゃん。どうかしたの」

「先生、次郎さんにお客さんです」

次郎は「サカナったら、なにを水くさい」と文句をいいかけ、その後ろに居る羽織姿の中年男を見て表情がこわばった。

サカナが連れて来たのは、結城屋の主人、由十郎だった。いつも困ったように笑う目が、今日は泣きそうになって次郎を見ている。

巴とサカナはそっくりに目だけ動かして、この新米親子の様子を見比べた。

「じゃ、先生。ごめんください」

来たときと同じことをいって立ち去るサカナが、障子の閉じる瞬間に次郎を見て「べエッ」と舌を出してみせた。それが嬉しくて、つい次郎も同じ挨拶を返す。

巴が見とがめて、げんこつをくれた。

＊

「先だって、ほんの気まぐれで、次郎にさまざまな商いのことなど話したらですね――」

結城屋由十郎は、船橋屋の羊羹《ようかん》を食べながら、自慢げに話す。江戸中で人気を博すこの羊羹は、当然のこと、結城屋の手みやげだ。

楊枝《ようじ》で小さく切って口に運ぶと、極楽浄土もかくやの甘さが広がる。

「両替のこと、相場のことなど、次郎はまたたく間に理解したのですよ。巴先生も、わたしの申す意味がおわかりでしょう？」

「え、ええ、はい、はい」

味わいかけの羊羹を慌てて飲み込んでしまったのを惜しみながら、巴は生来の愛嬌でうなずいた。

「次郎には、商いの天分があります。先代である兄・長兵衛《ちょうべえ》を思わせる、商人の才能ですな。わたしなどは凡庸なたちで、無理して知識ばかり詰め込んでも、その先のものが見えない。しかし、次郎には常人にない商人の勘どころというものが、生まれながらに備わっておるのです」

「はあ」

そりゃ、そうでしょうよ。と、巴は心の中でつぶやいた。

次郎は子どもだてらに博打の勝ち方を覚えて、つい最近まで遊び仲間の小遣い銭を巻き上げていた悪たれだ。行儀作法を覚えるよりも、銭の仕組みの方がよっぽど早く身に付くに違いない。

（いつぞやは、家主さんのお舅《しゅうと》から、一朱《いっしゅ》も巻き上げたのよね）

家主から小言をくらった恨みを込めて、当の悪たれ坊主に目を移せば、ただしおたれて羊羹を食べている。

「あら」

巴は思わず菓子の皿を置いた。

(ただごとじゃないわ。やっぱり、養子縁組はご破算にした方がいいのかしら)

おそるおそる盗み見た先、結城屋由十郎も、やけに深刻な表情で次郎を見つめていた。さては次郎め、こちらが想像もつかない悪さをしでかして、養子先から愛想を尽かされたのだろうか……。

巴がこそこそ首をすくめて、次郎がしそうな悪戯を際限もなく思い浮かべていたときである。結城屋が居住まいを正して、両手をついたので巴は仰天した。

「どうしたんですか、結城屋さん。シゲ……いや、次郎がなんかとんでもないことをしちゃったんでしょうか?」

「いや、申し訳ないのはこちらの方。巴先生、どうかこのとおり」

太織の羽織の袖が、翼のように舞ってばさりと音を立てる。

これはいよいよ養子縁組を破談にされるのだと思い、巴は胸に手を当てて覚悟した。結城屋のことも次郎のことも、決して怒るまい。土台、次郎には大店の養子など、肌に合わなかった。それだけのことなのだ。……と、巴はひとことひとこと言葉を飲み込んでいるのだが、結城屋は一向に顔を上げようとしない。いよいよもって心配になってきた。

「結城屋さん、いったい、どうしたんですか？　どうか、顔をあげてください」

巴は見掛けによらぬ馬鹿力で、平伏した結城屋を無理に起こした。

「そんなに申し訳ないといわれても、次郎もわたしも困ります。次郎がお役御免なのでしたら、ご心配なく。この先も恨みっこなしですよ」

巴がいうと、結城屋は「いやいやいやいや」と、懸命に両手を振った。

「こうして謝っておりますのは、わが兄のことでございまして」

「お兄上さまですか？」と、巴が訊く。

「お父っつぁんの兄さんかい？」と次郎が訊く。

お父っつぁんと呼ばれたのが嬉しかったのだろう。結城屋は相好《そうごう》をくずして、そんな自分の頬を撫でた。それでもまだ肩をすぼめて、小さくなっている。

「さきほど次郎を脅かしたのは、わたしの兄・長兵衛なのです。実を申しますと、兄は発心して、少し風変わりな暮らしをいたしておりまして」

「風変わりな暮らし、ですか？」

「それが――」

由十郎は困ったように頭を傾げると、まげをなでた。

結城屋の先代当主にして由十郎の兄・長兵衛は、商いを弟に託して世捨て人になった。庭の目立たない一角にこもり、世間との行き来を絶っているという。風呂にも入らず、着替えもせず、庭に掘っ建て小屋を建てて閉じこもる様子は、もはや単なる変人の域を超えている。

「兄は家に居ながら、十年もそんな暮らしをしているのです。さように風変わりな身内のこと、次郎をもらい受けるときに、きちんと説明しておかねばならなかったものを。養子の話をことわられるのを怖れ、つい秘密にしておったわけです」

子どもを相手に通用する隠し事は、帳面面《ちょうめんづら》で片付くことだけだ。庭にこもった変人の伯父のことなどどうして隠しおおせるだろう。いや、隠せるわけがない。いわんや、このたびはその伯父さんが血相を変えて次郎を追いかけて来たのだ。

けれど、わかってしまえば、笑い話だった。

(なぁんだ。幽霊じゃなかったのか)

巴は胸の中でつぶやき、次郎もまた同じことを思ったのが、すぐにわかった。

羊羹を頬ばる次郎の顔に、生意気な表情がもどっている。

巴は、結城屋が心底から、息子として次郎に惚れ込んだらしいことを察した。察したうえで、別の心配が頭をもたげた。

(ところで、その長兵衛さんがいってた「太郎」さんてのは、だれのことなんだろう？）

いわずもがな、太郎塚の太郎のことだ。そう思うと、いい知れぬ不気味さがこみ上げてくるのだった。

三

結局、次郎は由十郎に連れられて、結城屋に帰って行った。

船橋屋の羊羹は、六道館で寝起きする子どもたちのオヤツとなったが、この甘露なお菓子を口にする一同には意外にも笑顔がない。

「なんだか、シゲの肉を食ってる気がする」

年がしらのトンボという男の子がつぶやく。それを聞いた女の子たちは、涙が込み上げて声を震わせた。

「シゲのやつ、太郎につかまって食べられちまうかもね」

「お弔いには、わっちらも行かしてもらえるかしら」

サカナが思い詰めた目で畳の縁を見つめる。

「あんたたちときたら。もういいかげん、馬鹿なことというのはよしなさいよね」

皆の暗い顔を睨《ね》め回し、巴はひざをたたいて立ち上がった。

「それ食べちゃったら、おカナとおハナはお昼の支度だからね。ツヱは洗濯。トンボは薪《まき》割り。長太と正吉は、堺町《さかいちょう》のご隠居のところに大根を届けに行ってちょうだいよ」

一息に用事をいい渡すと、小さな者たちはめいめい「えー！」と抗議の声を上げる。

「シゲは、もうシゲじゃないの、次郎なの。次郎になって、薪割りとか大根を運ぶとかしなくていい、大店の子になったの。だから、あの子のことは心配しなくていいの。――わかった？」

「わかりましたぁ」

「全然、わかんねえ」

「だって、シゲ、その大店から逃げて来たじゃねえかよ。大声で泣いてたじゃねえかよ」

そんな返事を聞くより早く、巴は下駄をつっかけて通りに出た。

下駄の歯が地面に当たる音が、もどかしく巴自身の耳に響く。

心ここにあらずの面持ち。だけど、足が勝手に動いて、結城屋のある通油町《とおりあぶらちょう》の大通りに向かっている。

「ええ、あんたたちのいうとおりよ。わたしだって、ちっともわかってないわよ」

赤いおちょぼ口をキュッと結び、男みたいに大股に歩くものだから、通りすがりの人が不思議そうに振り返った。

（太郎だか長兵衛だか知らないけど――）

今になって心配が込み上げてきて、息が詰まりそうになっていた。

（やっぱり、そんな変てこなところに、あの子を帰すんじゃなかった）

トンボのいったとおりだ。口に残った羊羹の甘さが、次郎を犠牲にして味わった美味さのように思えてならない。

結城屋の筋向かい、天水桶《てんすいおけ》のかげに隠れて、店の様子をうかがってみる。

結城屋は薬種店だから、体調の悪い客も来るのだろうが、出入りする人の顔が明るいのは店の応対が良いからか。

のぞいていると、客を見送って結城屋由十郎が姿を現した。次郎を迎えに来たときと同じ殊勝なものごしで、相手の姿が見えなくなるまで頭を下げている。

（結城屋さんは、あれほどの大店なのに、腰が低くて優しそうな旦那よね）

由十郎は通りを掃く小僧にまで笑って声を掛けている。

（だけど、どうして兄さんは世捨て人になっちゃったわけ？　その兄さんのこと、どうして秘密にしてたわけ？　結城屋さんは確かに良い人に見えるけど、何か後ろ暗いことを隠しているから、あんなに人当たりがいい――なんてことはないかしら。そも

そも、太郎塚の太郎ってのは、いったい誰なのよ）

主人に話しかけられた小僧の顔が青ざめて見えるのは、気のせいか。

そう思ったとき、通りの奥から凧《たこ》があがった。

裏に住む子どもたちが、糸をつかんで表通りに走り出ると、結城屋の前を通り過ぎる。

天水桶のかげで息を殺す巴の前を通ったとき、凧をあげる子の目が、ちらりとこちらを見た。その片頬に、結城屋の小僧に似た緊張がよぎる。

（な——なによ）

まるで幽霊でも見たように顔を引きつらせ、子どもは凧をあげたまま走りすぎた。

面食らう巴の肩を、だしぬけにゴツリとたたく者がある。

「痛て！」

叫んだ次の瞬間、巴の手刀が相手ののど元に向いていた。

「参りました」

背後に来ていた者は、両手を上げて降参の意を示した。白い頭巾に白装束、行者の姿をした中年男が表情をこわばらせている。

「あらら、無名《むめい》さんじゃないの。もう、無名さんたら、なんて顔しているのよ」

「なんて顔も何も、巴先生。あんた、結城屋に討ち入りでもなさる気かね」

凧あげの子どもを怯えさせ、通りを掃く結城屋の小僧にまで届いていたのは、巴が無意識に放つ殺気だったらしい。

行者は早春だというのに黒く灼けた顔を引きつらせ、巴の手刀から後ずさった。

＊

無名居士は、六道館の古いなじみである。

一年のうちに何度か、たまには数年も空けた後で、ふらりと立ち寄って道場で寝起きし、またふらりと居なくなる。

まだ赤子だった次郎を拾って六道館に連れて来たのは、他ならぬこの無名居士だった。

両国稲荷《いなり》の境内に捨てられていて、近くの橋番所に駆け込んだら「捨て子なら、六道館にお行き」と、当然のごとく告げられたらしい。

「御包《おくる》みのなかの赤子が、大店の坊ちゃんになったか――」

無名居士は、そういって長い息をつく。

次郎が養子にもらわれたのも、無名居士が結城屋由十郎に話を持ちかけたためだった。

「こんな所に居てもつまらんよ。少し歩こう、巴先生」

「はあ」

結城屋を見張るのをやめて、つれづれに歩いた。

傍らの無名居士は汐見《しおみ》橋のたもとで、何とはなしに立ち止まる。

「ああ、いい天気だなあ」

棒杭《ぼうくい》のようにやせて背高の無名居士と、ちょこんと小柄な巴は、並んで川のさざ波を眺めた。

日差しが反射して、水面が銀色に光っている。

「晴れた日の川は、まるで昼寝する竜のごとく見える」

「のんきなこといってないで」

巴は口をとがらせて、次郎の予期せぬ里帰りのいきさつを話した。

「大店のお屋敷内で、風呂にも入らないで掘っ建て小屋に籠もっているなんて。結城屋さんの兄さんは、何かの信心や願掛けなどなさってるのかしら。それともひょっとして、太郎塚で評判の妖怪変化なの？」

そんな家に養子の世話などした非難も込めて、巴は無名居士を怖い目で見上げた。

「いやいや、長兵衛さんは、決して妖怪変化なんかじゃないよ」

「知り合い？」

思いがけず親しげにいうので、巴は切れ長の目をまたたかせる。

「長兵衛さんは、たいした商人だったのだよ。人付き合いも上手でね、お座敷芸をやらせたら、吉原辺りの幇間《ほうかん》（太鼓持ち）も顔負けの芸達者だった。女にもてる、お客にもてる、同業者にもてる。まあ、いってみりゃ、銭もうけも上手だが、如才がないから恨みも買わずってところか」

無名居士の口調が、だんだんと皮肉っぽくなるので、巴の視線は水面から相手の顔へと移った。

「長兵衛さんは、道楽をしても必ず商いに結び付けた。しまいには、新しい薬をこしらえようと思い立ったのだね。それで、秩父の山に生きミイラなるものをつかまえに出かけたのは……今から十年も前になるかね」

「生っきミイラぁ？」

巴は頓狂な声を上げた。

「ミイラは昔から不老長寿の妙薬だというから、長兵衛さんは秩父の山に居るという生きミイラをつかまえて、薬を作ろうとしたのだ。なにしろ、不老長寿の薬なんかできたら、将軍さまもたまげるほどの金持ちになれようから」

棒手振《ぼてふり》の八百屋《やおや》が通り過ぎるのを眺め、無名居士はいう。

「そんな欲を出したのが良くなかったのかね。長兵衛さんは生きミイラをつかまえることはできなかった。代わりに、山で大ケガをしてしまったんだよ。しかも長兵衛さんの負傷と前後して、おかみさんと一人息子までが亡くなってしまった。長兵衛さんは、落胆して商いどころではなくなったんだ」

以来、長兵衛は風呂にも入らず、まげも結わず、一切の仕事をやめ、それどころか一切の外出、人付き合いもやめてしまった。店の者たちは困ったすえ、長兵衛の弟である由十郎に、結城屋を継がせることに決めたのだった。

「由十郎さんは学者肌の人で、長崎で医術の勉強をしてなさったんだ。それが、お店の一大事ということで、学問をうっちゃってもどって来たのだよ。そうしておかみさんをもらって店を継いだのだが——」

兄とは違って天才的なひらめきはないが、由十郎は堅実に店を守ってきた。奉公人にしてみても、ときに突飛なことをやらかす長兵衛に仕えるより、よほど由十郎はつき合いやすい主人であるに違いない。店は落ち着き、商いは先代のときよりも大きくなった。

ただ一つ問題だったのは、祝言をあげて十年近くになるというのに、由十郎夫婦に子ができなかったことだ。

「思えば、わたしと由十郎さんは、不思議な縁で出会ったのだよ。十年前、こちらは長崎に向かう道すがら、一方の由十郎さんは長崎から江戸にもどる道すがら、同じ旅籠《はたご》に泊まり合わせたのだ。相部屋になってずいぶんと意気投合したが、なにせ由十郎さんは急ぎの旅だ、ほんの一晩のすれ違いのはずが——。何年かして、また江戸の町で出会ったときには、嬉しかったなあ」

「へえ、無名さんは、長崎までも行くんだ。楽しそうだね」

つめたい風にうなじをなでられ、巴はくしゃみをした。

絵草紙で見覚えた遠国の景色が、ふとまぶたに浮かぶ。殺気だっていた気持ちが、いつの間にか穏やかになっていた。

「無名さんは、由十郎さんと友だちだから、うちのシゲ——次郎のことを、結城屋さんの養子にと勧めたのね」

「そう、わたしが連れて来た子だ。いずれ里親の元に引き取られるなら、確かな人にもらって欲しかったからな」

「じゃあ、無名さん。あの子のこと、本当に安心していいのね」

巴はそういうと大きな息をついた。

おカナたちに教えてあげなくちゃ。

四

夜の四ツ（午後十時頃）過ぎ。

六道館の前に店を出したソバ屋台に、桃助は幼なじみの巴に呼び出された。

桃助は巴より年が四つ上だ。そして、少年の時分から、巴にぞっこん惚れていた。しかし、巴はいつも桃助を弟扱いする。弟ならまだしも、「桃ちゃんって、お猿のようだよね」などといって世話を焼きたがるのだ。

そんなわけだから、巴が人恋しそうに——と、桃助には見えた——桃助を頼ってきたときには、天にものぼる心地がした。ついつい口もとがゆるむので、この二、三日というもの、真顔を作るのに苦心している。

「気の毒だが、シゲ坊のことは、あまり安心ともいえねえな」

桃助はソバの丼を運んで来ると、また、ことさらのしかつめ顔でいった。

寒いからといって母親から無理に着せられた綿入れの下、小さな十手がのぞいている。今回、巴に頼みごとをされたのも、捕り物の玄人《くろうと》と見込まれてのことである。

「開口一番、いやなことというんだから。でも、なにか、わかったのね」

（……ええい、ちきしょう）

丼を渡したとき、巴の手に触れそこなう。とんだ不首尾だ。

「桃ちゃん、どうかした？」

「いや、ええと——。まず、気になったのは、シゲ坊の名前だな。先代の主人、結城屋長兵衛の女房の名が、おシゲさんという人だった」

「うちのシゲと一緒？」

「そう。シゲ坊は名前もそうだが、そのおシゲさんに面差しも似ているそうだよ。そのことが、おいら、なんだか引っかかるんだよな」

桃助は、つるりと剃った月代を指の先でたたいた。

「そして、もう一つは、長男としてもらわれたシゲ坊が、どうして太郎ではなく次郎と名付けられることになったのか――」

「ひょっとして……もうすでに、太郎塚の太郎が居るから？」

黒目がちの目が、桃助を見上げる。

（う、わ。かわいい――）

桃助は落としそうになった丼を慌てて抱え直し、また懸命に渋面をつくった。

「先代のおかみであるおシゲさんは、十年前に産後の肥立ちが悪くて、亡くなっちまったそうなんだ」

「産後の肥立ちってことは――赤ん坊が居たのね。その子が太郎さんなの？」

「うん、そうなんだけどさあ、まあ、聞きねえ」

桃助がなにかいい辛そうに顔をしかめてから、すぐに相好をくずす。やせた頬っぺたに笑いじわが何本もできて、いかにも人の好さそうな顔になった。

「ここのソバ、うまいなあ」

「でしょ」

話が聞こえたのか、ソバ屋が屋台の向こうでにっこりしている。

「長兵衛は変な道楽に凝っていたんだ」

「ああ、秩父の山の生きミイラを探していたってんでしょ。不老不死の薬にするために」

巴がおかしそうにいうと、桃助はぷんぷんと怒り出す。生きミイラをつかまえて薬をこしらえるなど、桃助には笑い飛ばせぬ事情があるのだ。

「まったく、馬鹿な道楽だぜ。長兵衛の旦那、生きミイラ探しに夢中になって、女房のお産や弔いまでおろそかにする始末だったらしい。仕事が好きで、道楽が好きで、家族は二の次、三の次――長兵衛はそういう男だったんだね」

「ふうん」

巴が軽く受け流すので、桃助は不満げに丼から顔を上げる。

「巴ちゃんは、そんな男に腹が立たねえのかよ」

「だって大店の主人なら、奉公人たちを養う責任があるでしょ。家族に薄情なのはいただけないけど、仕事好きってのは良いことよ。それに、どうせ働くなら楽しむに限るわよ」

「まあ、そりゃ、そうだけど」

巴のいうのを聞いて、桃助は素直に同意した。

かわいくて気丈で、その上に亭主の仕事に理解がある。そんな巴と所帯を持つことができたなら……。なんて想像すると、胸の中がほくほくしてくる。

「長兵衛は生きミイラを見つける代わりに、山で猪の牙に腹を刺されて、大ケガをしたんだ」

「うわ、痛かったでしょうね」

「うん。どうにも助かる見込みのないケガで、結城屋の者も医者より先に坊主を呼びに行ったってさ」

「でも、結局のところは、助かったのよね。今も結城屋さんに居るんだから」

「ああ、そのとおりさ」

庭の小屋に住むザンバラ髪の大男のことは、桃助もすでに巴から聞いている。

「そんときに与茂吉《よもきち》って手代《てだい》が、いそいで薬をこしらえてさ。そいつが効いて、長兵衛の大ケガはケロリと治ったんだ」

「凄い。さすが、薬種店の手代さんね」

「……それがさぁ」

桃助は巴と居る幸福感も忘れ、声が沈んだ。

「与茂吉が作った薬は、児干《じかん》ってていう代物だったんだ」

「ジカン？　なに、それ」

無邪気に尋ねる巴だが、相手の顔色からいやな雰囲気を読みとった。できれば聞きたくない——気がする。

同じことを思う桃助も、実にしぶい顔になった。「児干てぇのはな……」とつぶやいたものの、続けるのをためらう。

「児干ってのは、子どもの生き肝で作る万能薬だ」

「やだ」

口からソバを垂らしたまま、巴が顔をゆがめる。

少し離れた場所でつい耳を傾けていたソバ屋も、思わず出汁の杓子《しゃくし》を取り落とした。

「長兵衛とおシゲの間には、生まれたばかりの赤ん坊が居たろう。手代の与茂吉は、その子の生き肝を取って児干をこしらえやがったのさ。おかげで長兵衛は九死に一生を得たが、赤ん坊がむごく殺されて、すっかりふさぎ込んでしまった。下手人の与茂吉は、そのまま逃げていまだに行方知れずだ」

与茂吉を憎むのに加え、長兵衛は犠牲となった赤ん坊のことを思うと、生きながらえているおのれをもまた呪った。

よく働き、よく遊ぶ。

仕事の虫、道楽者、上等だ。人の一生、面白いが肝心だろう。

そう思って生きてきたが――。

「長兵衛は、そんとき、すっかり変わっちまったんだ」

大店の主人としての生き方が、突然に耐え難いものとなった。

おぞましい薬に変えられたわが子のかけらを、泣きながらかき集め、長兵衛は庭のひっそりとした一隅に塚を作った。以来、その傍らに小屋を建てて、墓守《はかもり》をしている。

「やっぱり、その赤ん坊が太郎なの？　太郎塚ってのは、その子のお墓？」

「うん」

桃助は、悲しそうにうなずく。

「お店の者でも、女中がしらや古参の番頭しか知らない話だ。知ってても、そんな残酷なことがあったなんて広まったら、お店の信用にかかわるからな。だから、あえて口にする者もねえ。太郎は今でも、病死ってことになっているんだ」

「そんなの、ひどいわよ」

巴の手の中で、丼のソバがトロリとのびてしまった。

「でもね、それは全部むかしの話でしょう？　今は弟の由十郎さんに代替わりして、お店もうまくいってるわけよね。問題は由十郎さん夫婦に子がなかったことだけ。でも、それだって、今回の養子縁組で片づいた話でしょ。なのに、桃ちゃん、あんたさっきいったわよね。シゲが——次郎があんまり安心じゃないって。それは、どういうことなの？」

話が振り出しにもどって、桃助は「おう」とひざをたたいた。

「結城屋があれだけの大店なのに、どうして親類縁者の子ではなく、孤児のシゲをもらう気になったのか。巴ちゃんは、不思議に思わなかったかい？」

「それは——。あの子がシゲで、先代のおかみさんと同じ名だから。それに、面差しも似てるって言ったじゃない」

「でも、当主は弟の由十郎に代替わりしてんだぜ。由十郎は、長く江戸を離れて学問をしていた男だ。先代の死んだ女房を慕って、同じ名の養子を探すというのも奇妙な話だよ」

「その長崎で学問した帰り道で、無名さんに出会って、仲良くなったそうよ。その無名さんが、うちのシゲを世話したんだって聞いたけど」

「あのな、巴ちゃん。こういっちゃ、口が悪いが——」

桃助はうつむく。

「その無名居士って行者も、シゲ坊も、結城屋みたいな大店の親戚連中にとっては、誰とも知れぬ馬の骨だろう。たとえ当主の由十郎が強く望んでも、怪しげな行者にすすめられるまま、シゲ坊を跡継ぎ息子として引き取るのは、ちょいとばかりおかしいぜ」

「シゲや無名さんのこと、馬の骨ですって？　いってくれるわね！」

巴の剣幕《けんまく》に臆して、桃助は困ったように口を閉ざした。児干の話が出たときと同じく、不吉な間合いが生じる。

「もう、桃ちゃんたら、いらいらする。いいたいことがあるなら、早くいってよ」

「あ——ああ。いうよ、いいますよ」

桃助が空を見上げると、くらがりを針で刺したみたいな星の光が、きりきりと降っている。

「実はさ。これまでだって、結城屋の養子は親戚や同業のツテなんぞで、いくらも来てたんだよ。それが不思議と患いついて死んじまう。死なないにしても、病気になって実家にもどすことになってしまう。——そんなことが、続いたんだ」

太郎の祟りだ。

生き肝を取られて死んだ赤ん坊が、おのれの座を横取りしようとする養子たちに祟っている。

——あの六道館から来た子も、いつまでもつかしらね。

事情を知る者たちは、今もこっそりとささやき合っているのだとか。

「ちょっと、それじゃあ、本当にマズイじゃないの！」

思わず声を荒らげて立ち上がると、「マズイ」という一言に驚いてソバ屋がこちらを見る。巴は慌てて両手を振った。

「ちがうのよ、ソバはおいしいの。マズイのは──」

猫の声が、巴の言葉をさえぎった。

暗い往来を振り返るが、動くものの気配は見つからない。

今のは猫ではなく、赤ん坊の泣き声ではなかったか。

結城屋のある通油町の方角から、聞こえてきはしなかったか。

そう思ったとき、太った三毛猫が板塀の穴からのそりと現れた。

猫は巴に向かって赤い口を見せると、裏通りにある刺青彫師の家に向かって、悠々と歩き去った。

五

名残の雪が降り始めた夕刻、結城屋の屋敷にはこっけいな歌が響いていた。

チョボクレ、チョンガレ。

チョボクレ、チョンガレ──。

いつもより早い店じまいも待ちきれぬようにして、母屋では宴会が始まっている。

次郎を養子に迎えたお披露目の会である。

庭に舞う風花を借景に、うたげは主人・由十郎の婚礼以来の盛会となった。

(チョボクレ、チョンガレって、なに?)

親類縁者にまぎれ、巴は借りてきた猫のように、おずおずと膳をつついている。目の前で踊る大男の歌と踊りが、酒で早くなったこちらの脈拍と奇妙に合うから、どうも気まずい。

座の主役である次郎は、いつぞやの脱走などなかったかのように、大男と一緒にデタラメな踊りを踊っていた。

(チョボクレ、チョンガレ、チョボクレ——)

それでついつい、自分でも口ずさんでしまうのだが、しだいにこの文句が頭の中で回り始めた。

「このたびは、次郎の恩人の巴先生にもおいでいただき、ありがとうございます」

「いやはや、なんの、なんの」

巴が爺むさい返事をしてしまったのは、変な歌に加えて、幼なじみに授けられた奇計に気をうばわれていたためだった。

＊

「義理だの道理だのと、甘っちょろいことといってる場合じゃねえぜ」

そんなことをいいだしたのは、彫師の青治だった。

現役の悪童たちより一世代前の、町内一のワルガキである。十手持ちの桃助と同い年で、巴が小さなころから一緒にこの辺りを駆け回って育った。

「どういうこと、青さん？」

巴が、心持ちすました声で訊いた。

青治が桃助と違うのは、こちらはめっぽうな二枚目であること。正義感の強い桃助にくらべ、青治は平気で悪党とも付き合うし、巴の前でカチンコチンに打ちのぼせることもない。いや、のぼせるのは巴の方で、ずっと小さな頃から彼女はこの不良な幼なじみを、恋の相手と決めていた。

「シゲ坊を太郎の怨霊の餌食にするくれぇなら、養子の件を破談にしちまいな」

いいながら、青治は商売用の針で、自分のすねにヘビの頭の形を彫っている。

新しい図柄を思いつけば客の肌に彫る前に自分に試すので、青治のすねは彫り物だらけだ。そもそも彫り物は一度彫れば消せないというのが常識だが、青治は独自の方法を心得ているらしく、すねの絵はよく消えたり新しくなったりする。

「痛くねえのかよ」

巴と一緒に青治の仕事場に上がり込んだ桃助が、怖ろしげに針先を見つめた。

一緒にのぞき込みながら、巴は青治の横顔に視線を移す。

（きっと青さんは、痛いなんて感じないのよ。――それとも、本当は人一倍に、痛みを感じるのかしら）

そう思ったとき、青治の目がこちらを見たので、巴はあわてて視線を逸らした。火鉢の上の鉄瓶を持ち上げ、ふちの欠けた湯飲みに、三人分の番茶をいれる。

「破談なんて簡単にいうけどね。近いうち結城屋さんで養子縁組のお披露目会があるんだから。おめでたい席をぶちこわしなんかしたら、この先のご近所付き合いができないわよ」

「だけどさ、巴ちゃん。シゲ坊が太郎に祟られるなんざ、おいらだって捨てておけねえ」

桃助は青治に同意している。

「そんなら――。ちょいと、仕掛けてみようぜ」

針を持つ青治の手がとまった。

まげを結うのをきらって、湯上がりの女のように一本に縛った髪が、背中にこぼれる。目が笑っていた。

「仕掛けてみるって、何する気？」

巴は胸騒ぎがする。

「巴よ。シゲ坊のお披露目には、その無名居士って坊さんと一緒に行きな」

確かに、無名居士は次郎の養子縁組の立て役者だが、晴れの宴席は苦手だといって招待をことわったらしい。

「どういうこと?」

「それから桃助は、江戸中のももんじ屋を当たってくれ」

ももんじ屋とは、食用の獣肉を扱う店のことだ。

「江戸中の、ももんじ屋だって?」

声を裏返らせる桃助の耳たぶを引っ張って、青治が耳打ちしている。

「ほほっ」

はじめは不平がましかった桃助の顔が笑いだす。少年時代に青治と二人で、悪計をめぐらせていたときと同じ顔だ。

「なによ」

つまはじきにされた格好の巴は、ぷうと頰をふくらませた。

「それから巴、宴会にはこいつを着ていきな。切った張ったの騒ぎになるかも知れねえ」

剣呑なことをいって、青治が押入の中から引っ張り出したのは、戦《いくさ》で着る鎖帷子《くさりかたびら》である。彫り物代が払えない客から、借金のカタに取り上げたものらしい。

「なによ、これ。なんだって、こんなの」

「遠慮するな」

こちらにもたげた顔が、きれいに微笑《ほほえ》んだ。

巴の胸は羽のように浮かび上がり、しかし差し出された鎖帷子を手にとった途端に、非難めいた声を上げる。

「――重たい！」

＊

「巴先生、どうかされましたか」

親切な声で訊かれ、巴ははっとして顔を上げた。

チョボクレ、チョンガレ。

チョボクレ、チョンガレ――。

奇妙に踊る男を背に、結城屋由十郎が銚子をさしのべている。

巴はあわてて盃を干すと、笑顔を作った。

「巴先生は、さきほどから箸が進まないようですが」

「もし無名さんが居たら、次郎のことでいろんな話ができたのに――そう思いまして」

「ああ、無名居士さまですか。あの方は、少し遅れて見えると連絡がありましたよ」

「え、そうなんですか？」

青治からは宴席に無名居士と同行するよういわれたが、それはかなわなかった。折良く六道館に顔を出したのをつかまえたものの、やはりことわられてしまったのである。

——その日は西国に発つんだよ。

口実かも知れないと思ったが、無理強いはできなかった。青治のたくらみごとに、無名居士を巻き込むのは気が引けたのだ。

(桃ちゃんたら、青さんにぺらぺらしゃべっちゃうんだから)

青治のことはもちろん好きだが、むかしから小さなもめ事を拡大させるという、変な特技があった。それで万事が良い方に向かうこともあれば、すべてがこじれて大騒動が起きたりもする。

(青さん、切った張ったの騒ぎになるとかいってたけど。何をする気なのかしら)

巴は、鎖帷子でずっしりと重たい肩をなでた。

この重たさは、そっくりそのまま心の重さだ。結城屋の一同は次郎のお披露目の席を、心底楽しんでいる。主役の次郎は元よりこんな陽気さが大好きで、大人と一緒になって踊り騒いでいた。根っから幇間の才能でもあるのか、それともドンチャン騒ぎ好きの大旦那になる才覚か、次郎の踊りは堂に入ったものだ。

こんな楽しそうな皆を捕まえて、養子縁組は破談だなんてとてもいえない。

ところが、巴がいわずとも、青治がなにかを企んでいるのだ。巴を矢面に立たせておいて、青治は桃助と二人だけで企みごとをしている。次郎のために良かれと思えばこそ、文句もいわずにきたが、なんだかだんだん腹が立ってきた。

（わたしはのけ者で、おまけに一番の悪者になっちゃうじゃないの）

煮しめの蓮根をむやみに頬張った。美味い。美味いほどに、心はどんどん重くなる。

「と、も、え、先生。どうしたんだよ、怖い顔してさ」

由十郎の後ろから、踊り疲れた次郎が息を弾ませて覗き込んだ。父の背におぶさるような格好で、満面に笑みをたたえた顔を突き出してくる。

由十郎は肩に置かれた手をやさしくたたいて、同じように笑った。

（あーあー、ずいぶん仲良しになっちゃって……。いまさら、どの面さげて養子縁組を破談だなんていえるわけ）

「巴先生、歯でも痛いのかい？」

「料理がお口に合いませぬか？」

「いえいえ、そんなことない。わたしは元気ですよ。お料理もとってもおいしくて」

困ったように視線を泳がせ、さっきから座の真ん中で「チョボクレ、チョンガレ」と歌い踊る、中年男に目をとめた。

「ところで、あちらの方は？」

見れば見るほど、変な男だった。

髪やヒゲはのばし放題、大きな体も太った顔も、実にむさくるしい。けれど、黒紋付きの羽織に袴を着け、下に着た小袖などはとても上等な唐桟である。

そんなちぐはぐな姿で、腰を落として蹴り出す足さばきの巧みなこと。両手の振りは、魚屋を真似、お百姓を真似、ときには芝居の女形を真似、修練を積んだ太鼓持ちでも、なかなかこうは見事には踊れまい。ずんぐりむっくりの体軀が、中腰のままで跳ねるところなどは、まるで兎の餅つきだ。のばした髪もヒゲも、見ているうちになぜか気にならなくなる。大きな顔いっぱいに浮かんだ笑いに、引き込まれそうになる。

「ああ、兄の長兵衛ですよ。結城屋の先代当主です」

「え」

巴は目をぱちくりさせた。

そういわれてみれば、踊りたなびく羽織の紋と、目の前で微笑む由十郎の紋は同じ花菱だ。

次郎を太郎と呼んで、泣くほど脅かした男。

その太郎という息子を、これ以上ないというほどむごい形で亡くした気の毒な男。

けれど、こうして見る限りは、いたって陽気で健康そうだ。おまけに、家を逃げ出すくらい怯えていた次郎が、一緒になって踊るほどなついている。

「兄は根っからの商人でしたから、接待のために太鼓持ちに弟子入りまでしていたらしい。凝り性なんですな」

生きミイラ探しに凝った以外にも、太鼓持ちに入門とはおそれいった。

「先日、次郎がもどって来てから、あらためて兄とも話し合ったのですよ。兄は快く次郎を迎えてくれましたし、次郎は兄にもうち解けるようになりました。今では二人とも、すっかり仲が良いのですよ。これもすべて、次郎の素直な気性のおかげです」

由十郎が話すうちに、長兵衛はようやく踊り疲れた様子で席にもどってゆく。

宴席の一同の喝采が、広い背中に降った。

「おまえも疲れたろう。子どもはそろそろ布団に入った方が、良かないかい？」

次郎に向かって厚いてのひらを振り、長兵衛はさも愛しい様子で話しかけてくる。

それでもどこか焦点の合わない目を泳がせて「太郎や」といった。

（あ……）

あの人、やっぱり正気を取りもどしたのではなく、自分の息子がもどって来たと思ってるんだ。そう思って次郎と由十郎を見やると、新しい親子は少し悲しげな顔で巴に視線を返した。

「次郎、あんた、本当に良い子になっちゃって——」

不意に胸苦しくなる。最前まで感じていた気の重さとは違う。巴自身は気付かなかったが、これはやきもちだった。

(うちの、悪たれのシゲはどこに行っちゃったのよ)

巴の気持ちの揺れなどわかりようもなく、由十郎は居住まいを正す。

「次郎は本当に賢くて、気配りのできる子です。良い跡取りを紹介していただき、結城屋の一同はどれだけ感謝していることか——」

深々と頭を下げられ、巴は思わず後ずさってしまう。

「そうなんですか。それは、本当に——良かったわね、次郎」

これはたまらない。泣いてしまいそうだ。巴は鎖帷子の重さに足をとられながら立ち上がる。驚いた次郎たちに作り笑顔を向けると、酔ったそぶりで席を立った。

「ちょっと、お手水場《ちょうずば》(かわや)へ」

足もとのおぼつかなさを案じてくれる一人一人に、巴は挨拶のようにそう答えた。

ところが、座敷を出たとたん、方角を見失ってしまった。

(広いなあ。こりゃ、まるで江戸城だわ)

商家の手水場は来店する客を気遣って、奥まった場所にある。

膳を運ぶ若い女中や小僧に尋ねながら、巴は黒光りする廊下を延々歩いた。

ようやく見つけた手水場で用を足して、重たい鎖帷子をもてあまし、苦心して身繕いをする。

「ん？」

黒光りする廊下をもどると、奇妙な音が追って来るのに気付いた。

キュウ、キュウ、というささやくような音に追い立てられ、巴はだんだんとうす気味悪くなってきた。

（なに者――）

うすく開いた障子の向こうから、視線を感じる。

立ち止まると同時に、追いかけてくるささやき声が消えた。

それが磨きたてた床板を歩く自分の足音だと気付いて、巴は思わず長い息をつく。

安堵した瞬間、ニタリと笑う顔と、障子のすき間越しに目が合った。

真っ黒い肌の赤ん坊が、低い棚の上に足を投げ出して座っているのだ。

「……！」

まだ春も浅いというのに赤ん坊は帷子を一枚まとったきりで、ぷっくりと丸い腹をむきだしていた。その帷子も、はち切れそうな肌も、ただ一様に黒い。

巴は全身が粟立《あわだ》った。

「あんたが、太郎ちゃんなの――？」

引きつる自分の息の音を聞きながら、巴は身をこわばらせる。

宴席から、例の「チョンガレ」とは違う声で端唄《はうた》が聞こえ、それが一節終わるまで、巴は廊下のくらがりで黒い赤ん坊とにらみ合っていた。

「巴先生？」

次郎と同じく、前髪を残した小僧が廊下の端から近付いてくる。

巴の傍らに来ると、黒い赤ん坊の居る障子を無造作に開けた。

「あ――危ないわ。退きなさい」

後ろに押しやられた小僧は、巴の唐突な行動に驚きつつも、手燭《てしょく》を部屋に向けた。

その明かりに、黒い赤ん坊の全身が照らし出される。

「ほ……布袋《ほてい》さま？」

「はい、布袋さまです」

それは、人の赤ん坊ではなく、七福神のうちでもことさら恰幅の良い布袋の木像だった。

「前の旦那さまが、古道具屋で見つけて来られたのです。ちょうど赤ん坊みたいな背丈でしょ。女中たちは布袋ちゃんなんて呼んで、こっそり抱っこしてるんですよ」

「それは、それは――」

緊張が長い息となって、巴のおちょぼ口からこぼれた。

六

やることなすこと、調子が狂う。

巴は手燭を持つ小僧から逃げるように、廊下を抜けて庭に出た。

日の暮れた戸外は、青い冷気に満たされている。

「きれいなお庭だわ。――うちの裏庭も、そろそろ草むしりくらいしなくちゃ」

草むしりのはずが、いつの間にか取っ組み合いに変わる六道館の子どもたちのことを考え、巴は一人でくすくす笑った。そんな空想の中にシゲ――次郎の姿がないことに気付いて、さびしさが胸をつく。

石灯籠に点された橙色の明かりが、風花と紅白の梅を照らしていた。

その梅の木の向こうを、男が二人、話し込みながら歩いている。

あの二人――。

一方は、剃髪《ていはつ》に頭巾を被った無名居士。もう一人は、惚れた弱みで一町（約一〇九米《メートル》）離れても見分けがつく――彫師の青治だ。

怪訝に思ううちにも、ひらめくものがある。「あ、そうか」とつぶやき、巴はてのひらを静かに打った。

（無名さんは、行者だものね。怨霊だの祟りだのときたら、玄人にまかせるのが一番）

青治はきっと無名居士に頼んで、結城屋の怪現象にケリを付ける気なのだ。

そう思いながら、ひえた手をこする巴の後ろから、聞き覚えのある声が追いかけてきた。

「長兵衛さん、お待ちなせえよ。なにも、そんなに急がなくてもさ……」

今度は桃助である。あわてたときのくせで、声を裏返らせてキイキイと呼ばわっている。

それに答える気配もなく、小走りにこちらに来るのは長兵衛だった。かつて大ケガさせられたという猪さながら、「ふん、ふん」と鼻息を荒くしている。

「よ、巴ちゃん」

「あら、桃ちゃん、長兵衛さん……」

挨拶しかけたかたわらを、長兵衛はむっつりとして通り過ぎた。

道連れの無礼をわびるみたいに、桃助が困った笑いを浮かべてから、やはり小走りに駆けてゆく。

（長兵衛さんは今夜も、太郎ちゃんの墓——太郎塚のそばの小屋に帰るの？）

羽織を着た背中をずんぐりと丸めたまま、長兵衛は梅の木のむこうに消えてしまった。失意の十年も今夜の宴会の様子では癒えているように見えたが、亡くした子の墓守はやめられないのだろうか。怖いような悲しいような心地で、巴は自分の足もとに目をおとす。

と、不意のこと、当の長兵衛らしい男の怒号が聞こえた。

——この外道めが！　悪鬼めが！

答えてわめく相手の声は言葉にならなかったが、どうやら無名居士のようだった。

——うわあ。

どこか間のびした青治の声が聞こえて、つづけざまに桃助の悲鳴が上がる。

「青さん？　桃ちゃん？」

状況が呑み込めないまま、巴は騒動の始まった方角に急いだ。

その間にも、人の倒れて転がる音、組み打つ殺気が伝わってくる。道場の稽古にも似た気配だが、こちらはもっと物騒だ。

どうして長兵衛と無名居士が、暗い庭で取っ組み合いなどするのか。まるで理解できないまま、巴は喧嘩の現場に駆けつけた。

巴が到着したとき、二人の間に割って入ろうとした桃助がはじき飛ばされたところだった。青治はといえば、とっくに地面に投げ出されて腰が抜けている。

「あんたたち、やめなさいよ！」

六道館で子どもたちの騒動を見慣れている巴にはおなじみの光景だが、中年男の喧嘩というのはなかなか異様だ。子どもたちと違い、中年男たちは、巴の叱責などものともしなかった。

かつては山歩きを道楽としていたほどだから、長兵衛は生まれついての体力があるのだろう。一方の無名居士も、やはり旅で鍛えたせいか疲れる様子もない。やせた男とずんぐりした男は、何の遺恨があるのか、互いを殴り蹴り打ち倒す。

こりずにまた近付いた桃助は、差し出した十手ごと放り出された。

「こらー、やめろっていってるでしょ！」

剣術の稽古でも子どもの喧嘩でも、「やめよ」の声を無視されることに、巴は慣れていなかった。つかみ合う中年男のただ中に飛び込むと、長兵衛のみぞおちにひじ鉄を食わせ、無名居士の頬を張り手で打った。

「――！」

息を詰まらせた二人は似たような声を上げて後ろに転がり、巴は勢いあまって前のめりに倒れる。

からだを支えるために、とっさに踏み出した先に――地面がなかった。

「ぎゃ！」

すぐ先にあったのは池で、巴はほんのつかの間空中に浮かび、水音を上げて池の中に落ちた。

着物が水を吸うより早く、体が沈む。

鎖帷子が重りになって、巴は釣りのエサと同じく水の底へと落ちてゆく。

顔の前を錦鯉が横切った。とっさに、その鯉にすがり付こうとしたら、身をよじって避けられた。振り回す腕に袖が重たく絡まって、まるで縄でも掛けられたかのようだ。悲鳴は声にはならずあぶくになり、息のかわりに生臭い水がのどに流れ込んできた。

（死ぬ――死んじゃう――）

朝ごはんの支度をして来なかったから、このまま死ねば明日は皆が腹を空かしてしまう。豆腐屋さんが来る時刻に、誰かが買いに行ってくれるかしら――。そんなことを真剣に考えるうちに、気が遠くなる。一瞬一瞬が緩慢に流れ、白くにごってゆく意識の中で、あぶくが立ち、水音が聞こえた。帯の後ろをつかまれて引っ張り上げられるのはわかったが、全てがどうでもいいことのように思えてくる。

――巴、巴。

二人の幼なじみが、異口同音に名を呼んでいる。

――与茂吉、早う、早う。

――はい、旦那さま。

（与茂吉ですって？）

気絶寸前だった巴の意識が、しゃっきりともどってきた。

与茂吉とは、赤ん坊の太郎を殺した悪い手代の名だ。

＊

どうしてあんなことになってしまったのか。

池から助け上げられた巴は、布団の上で町奉行のようにふんぞり返っていた。

お白洲《しらす》ならぬ客間には、まだ頭や顔に泥を付けた長兵衛と無名居士が居る。結城屋由十郎夫婦と、青治に桃助も同席していた。

「ほんとに、どうしてあんなことになったんだ？」

青治が、表情の読めない顔つきで無名居士を見た。

「みんな、旦那さまが悪いんでございますよ！」

答える無名居士は、几帳面なお店者みたいな言葉でいう。その目が、ヤケを起こしたように向いた先に、長兵衛が居た。

長兵衛は再び激昂しかけ、彼を囲む一同の視線に気付いて、ただ渋い顔をした。

「ええ、どういうことなのよ」

巴は布団の上に正座したまま、かたわらに置かれた火鉢の近くににじり寄った。炭火に手をかざしながら、続けざまにくしゃみをする。

慌てた桃助が、夜着を肩に掛けてくれる。

「この男が、かつてわたしの太郎の、い——いき——生き肝を取って殺した、極悪人なんだよ！　児干だなどと、ばち当たりな薬を——ばち当たりな——ばち当たりな」

長兵衛は憤怒で顔も猪首も赤くなり、そして黒くなる。

その様子を見て、無名居士は高く笑った。この声もまた、巴のよく知る落ち着き払った含み笑いとはまるで違っていた。

青治の煙管から流れる煙が、無名居士の笑い顔へと漂ってゆく。

「あの児干のおかげで、旦那さまは助かったでしょうが」

無名居士はいい、巴の方を向くと改めて深々と頭を下げた。

「巴先生、わたしは無名居士として文字どおりに名をなくすより以前は、この結城屋で手代をいたしておりました。与茂吉でございます」

「えー！」

火鉢を抱きながら、巴が悲鳴に似た声を上げた。

青治に向かって問うようなまなざしを向けると、煙管をくわえた口が「そうだよ」といった。

そんなやりとりの中、つい今し方まで無名居士だった男——与茂吉は再び甲高くいった。

「みんな、旦那さまが悪いんでございますよ！」

与茂吉は、乱暴なしぐさで頬の泥をぬぐう。「おかみさんは——」といいかけ、由十郎の妻を見てから、かぶりを振った。

「いいえ、前のおかみさんの、おシゲさまのことでございます。おシゲさまは——ええ、おシゲとわたしは惚れあった仲でございました。あの子は気だてが良くって、かわいくて、働き者で——」

当時のことを知らない由十郎と妻は、寄り添うようにして耳を傾けている。

同じく、当時のことを知らない巴は、かわいいおちょぼ口をへの字に結んで、与茂吉と長兵衛の顔を交互ににらんでいる。

長兵衛の妻の名が、この家にもらわれたシゲと同じであることが気にかかった。でも、それを口に出して尋ねるには、今の巴は混乱しているし、溺れかけたせいでまだ興奮し過ぎていた。

無名居士が、子ども殺しの与茂吉だったとは。

その与茂吉が恨み言を並べている。

これは聞かねばならないことなのか？

いかにも、これこそ青治の仕組んだことなのだろう。

「おシゲは皆に好かれていた。良い女だった。——だから、長兵衛の旦那はわたしからおシゲを取り上げ、無理に自分の妻にしたんですよ」

「何をいうか。おシゲはおまえなどより、わたしにこそふさわしい女で――」

長兵衛が食ってかかり、さすがに怒った桃助が十手で畳をたたく。打たれた畳がケバ立って、チリが舞った。

「わたしはこのお店に奉公に上がったその日から、おシゲに心を寄せておりました。あの子はわたしより二つ年下でしたが、わたしより早く奉公に上がっていた。苦労人だったんですよ。だから、だれにも優しかった。そんな中でも、とくにわたしに優しくしてくれたもんです。

うそじゃあない。わたしにだけ、特別に優しかったんだ。

お正月の餅つきのときは、わたしにだけこっそり大き目のあんころ餅をくれたんですよ。あの小さい華奢《きやしや》な手でわたしの後ろから目隠しして、『だぁれだ？』なんてかわいいことをいったりしてさ。わたしが麻疹《はしか》にかかったときは、皆が感染《うつ》るといって怖がる中で、おシゲだけが親身に看病してくれた。そしたら、おシゲが本当に感染っちまって、今度はわたしが看病したもんだ。あの子は自分の身をかえりみず、わたしの麻疹の面倒をみてくれたんですよ。惚れてなくて、そんなことできますか？　わたしたちは、お互いに惚れあっていたんです」

与茂吉は視線を天井に向けて、遠い記憶をたぐった。無名居士と名乗っていたときの分別顔も、与茂吉だと正体を明かしてからのふて腐れぶりもナリをひそめ、そこにあるのはかつて好いた女のことを惚気《のろけ》る、一人の男の姿だった。

「だけど」

と、与茂吉の目は火をともしたように険しく光る。

「この男がわたしから、おシゲをうばった。金ずくか、力ずくか、どんな手を使いやがったんだ、いえ！　いってみろ、外道め」

与茂吉が長兵衛に飛びかかろうとするのを、桃助が後ろから羽交い絞めにした。

「金ずく？　力ずく？　そんなものは要らない。わしの心、わしの甲斐性をわかってくれたのだよ。おシゲは間違いなく、わしに惚れていた。正月の餅？　麻疹の看病？　それはただおシゲが人一倍優しい女で、表六玉《ひょうろくだま》のおまえを可哀想がっていただけの話だろうが」

そこで長兵衛は声を上げて笑う。

与茂吉がますます興奮するので、桃助は押さえつけるのに渾身の力を入れなければならなかった。

「だったら——だったら、なんで、おシゲをあんなに粗末にしたんだ」

与茂吉の口から、泡立った唾が飛んだ。

その唾がかかって、桃助が思わず羽交い絞めの手を放した。けれど、与茂吉はかつてのあるじに飛びかかりはせず、思いのたけを全て言葉に変える。

「長兵衛の旦那は、生きミイラ探しなどという馬鹿な道楽にうつつを抜かし、お産が近いおシゲをうっちゃらかしにした。坊ちゃんが生まれた日だって、おシゲが亡くなった日だって、道楽仲間と深川に繰り出して芸者遊びをしていたんだ。挙げ句の果てには、女房の喪も明けぬうちに、秩父の山里に泊まり込んでは、生きミイラの探索ざんまい――」

　あげつらう与茂吉の声が大きくなるにつれ、長兵衛の丸まった肩がふるえ出す。怒り出すのか泣き出すのか、巴は再びの乱闘に備えて身構えた。

「そのばちが当たって、この男は山の大猪にグッサリ、腹を刺されたんだよ」

　しかし、長兵衛は命を取りとめた。

　与茂吉がこしらえた、黒光りする丸薬のおかげで、死ぬべき命が助かったのである。それが、生まれて間もない太郎の生き肝を原料にした、児干というものだった。

「――なぁんてな」

　青治は煙草盆の灰吹きをたたき、灰を落とした。

「そいつは、ウソだぜ。なにもかも、旦那を懲《こ》らしめようとしてついた与茂吉のウソだったんだ。この男が赤ん坊を殺めたなんて、ウソ八百。旦那が飲んだのは、児干なんて代物じゃねえ」

「なんだと？」

長兵衛より先に、巴が青治につめよった。

「だったら、長兵衛さんはどうして助かったのよ！　太郎ちゃんは、どうなったのよ！」

「大ケガした長兵衛さんが飲まされたのは、猪の肝で作った丸薬なんだよ」

言葉を継いだのは、桃助である。

「おいら、江戸中のももんじ屋を聞いて回ったんだぜ。あげくに、この騒動だもの。寿命が縮んじゃうよ」

桃助は愚痴っぽくいって、青治から煙管をひったくると一服吸った。

十年前、長兵衛にケガをさせた猪は、せめてもの腹いせで、食肉としてももんじ屋に引き取られた。その肝だけを、与茂吉は頼み込んで手に入れたのだった。

「結局、近くの長谷川町のももんじ屋が、当たりだった。おいら、本当にあっちこっち……品川《しながわ》や新宿《しんじゅく》にまで足をのばしたんだぜ」

「はい、はい、それで」

巴が、いらいらと先をうながした。

「十年前、でっかい猪肉が持ち込まれたこと、その猪は長兵衛さんをケガさせた怨敵だったこと、与茂吉さんが肝だけをもらって帰ったこと。——ももんじ屋の亭主も女将《おかみ》も、よぉく覚えていなさったよ」

「そりゃ、めったにねえことだもんな」

青治は他人事のようにいう。

「あのとき、長兵衛の旦那をザクリとやった猪の肝で、与茂吉さんは児干ではなく猪干をこしらえたんだよ。——ええと……。念のためいうと、猪干なんて薬はないはずだけど。な、与茂吉さん」

「なんですって」

巴が布団を蹴って与茂吉に飛びかかると、その胸ぐらをつかみ上げた。

「う——うう」

巴につかみかかられ、長兵衛にも肉厚の両手で顔をはさまれ、与茂吉はうなずく。

巴たちを後ろから止める由十郎夫婦は、放心顔だ。

「じゃあ、太郎ちゃんはどうなったのよ。あんたが殺したんじゃないなら、太郎ちゃんはどこにやったのよ」

「太郎ならば」

青治が、フッと後ろを振り向く。

巴は廊下を隔てる障子に、小さな穴が開いているのに気付いた。

「そこに」

青治と桃助が、その穴に向かってにっこりと笑った。

巴は皆が仰天する身軽さで与茂吉の頭上を飛び越えると、着地しざまに障子を開け放った。

「あんた――」

廊下のくらがりには、騒ぎのせいで寝付けず、好奇心満々で起き出した次郎が座っていた。

＊

「許せない。桃ちゃんも青さんも、わたしをだましてたなんて」

夜四ツ（午後十時頃）過ぎ、六道館の門前。

巴はソバ屋台の前に青治と桃助を呼び出して、ソバをすすっていた。今夜は表店の隠居が床几を片づけてしまっていたので、三人とも寝間着にどてらを羽織って、つっ立っている。

「別にだましてたんじゃねえよ」

「ええ、確かにだましてたんじゃなく、だまってたのよね。次郎が、太郎だってこと」

「そんな、怒んねえでくれよ。今夜のソバは、おいらのおごりだから。お代わりしてもいいんだぜ」

「当然よ」

巴は二人の丼から、唯一の具であるかまぼこを取り上げる。

十年前――。

主人・長兵衛の行状に怒りを爆発させた与茂吉は、シャレにならない意趣返しを思いついた。

「与茂吉のニセ薬でケガが治ってしまったのは、長兵衛の旦那が根っから丈夫だったせいだろう。薬種店の腕利きの手代だった与茂吉は、旦那がこれしきじゃ死なないと見抜いていたんだろうな」

いいながら、青治は執念深くかまぼこを取り返した。

そんな青治に負けじと、桃助が絵解きの続きをする。

「息を吹き返した長兵衛さんの枕元で、与茂吉はひどい大ウソをついたわけだ。『旦那さまのお飲みになったのは、太郎坊ちゃんの児干でございますよ』ってね。

長兵衛さんは道楽者だったけど、同じくらい仕事に熱心でもある。だから児干って薬がどんなものかは、当然わかっていた。太郎の児干、すなわち太郎の生き肝――。

気の毒に。怒る気力すら出ないほど、打ちのめされたんだろうな。薬の残りを拾い集めて太郎塚を築き、すぐ近くに掘っ建て小屋を建てて、守ってきたのさ。自分をケガさせた猪を、我が子だと思い違いしたままで」

「でも、次郎が太郎とはどういうことなの」

ソバをすすりつつ、巴は怖い顔をする。先を聞こうと焦《じ》れているのに、桃助が、お代わりをもらいに屋台に駆けて行ったのだ。

疲れた青治が、しゃがみこんで続きを引き受けた。

「与茂吉は、太郎を連れてすぐに結城屋から逃げた。なにせ、赤ん坊殺しだなんて、ウソの大見得を切ったんだからな。——岡惚れしていたおシゲの忘れ形見である太郎を連れて、ふるさとにもどって親子として暮らす気だったらしいぜ。だからまず、変装して逃げるつもりで、柳原の古着屋に行った。

そこでたまたま行者の着物を見つけて、気が変わったそうだ。

行者になりすまし、太郎のことを捨て子だなんてまたウソをついて、六道館に預けたってわけだ。六道館は、むかしから子どもを養うのに慣れているし。それに、太郎の将来のことも考えたんだろうさ」

仕事の早いソバ屋は、あっという間に二杯目をこしらえてくれる。

湯気の立つ丼を抱え、桃助がもどって来た。

「ようやくわかった」

巴は低い声で、うなった。

「だから、太郎は次郎——六道館のシゲだったたってわけ。そういえば、産着に『シゲ』と縫い取りがしてあったのを覚えているわ。捨てた親が、せめてもの思いで名を縫い込んだのだと思ってたけど――」

巴は深い息とともに、ソバをすすった。

「本当のおっ母さんであるおシゲさんが、自分の名を縫い込んだ寝間着か何かでこしらえた産着――そんなところだったのかもね。それが、長いことわが子の呼び名になっちゃったわけか」

あったかいような、悲しいような因果だ。

「今回の養子縁組の話を、代替わりした結城屋さんに持ちかけたのも無名さん――与茂吉さんだったのよね。そもそも長崎まで旅して偶然に由十郎さんに会ったのだって、本当は偶然じゃなかったのかも。

与茂吉さんは、シゲをうちにあずけたときから、養子として結城屋に返すために、いろいろ計算して立ち回ってたわけなのね」

「面倒くせえマネする男だ」

「でも。おかげで、わたしたち皆、シゲと暮らせたのはありがたかったわね」

春めいた夜空をあおぐ三人の背中に、ソバ屋が心配げな声をかける。

「皆さん、こんな遅くにソバ食って寝たら、朝飯がのどを通らねえんじゃありませんかい？」

「それが不思議と、どっちもおいしく食べられるのよ」

汁まで飲み干した巴が、そう答えた。

第三話

雨月小町

一

変てこなところに来ちまった。

新月の宵の口。障子に映るおのれの影を見て、青治はこの夜の酔狂を悔やむべきか笑うべきか、少しばかり思案した。

山谷堀《さんやぼり》を猪牙舟《ちょき》で北西へ。

赤い明かりがまぶしい吉原遊郭《よしわらゆうかく》を通り過ぎて、星明かりの下、小舟は田んぼと寺しか見えない静寂《しじま》のなかに、吸い込まれてゆく。

舟の着いたすぐそこに、一軒の寮（別荘）があった。

真っ暗闇の夜、集った好事家たちは、十二名。だれもが奇特《きどく》頭巾をかぶっていた。

互いに目だけしか見せない頭巾の名をとって、奇特荘。

そう名付けたのは、ここの持ち主だったか、客だったか。

いや、だいいちが、だれが主人でだれが客なのかもわからない。

この集まりは、そういう仕組みになっていた。

奇特とは、不思議の異名だ。

わからぬのが面白い。不思議なのが面白い。

金を使う遊びに飽いた者が、次に求めた遊びが、この奇特であるのだとか。

それらしい理屈をぶった痴れ者に誘われて来て、一人だけ頭巾をかぶらぬ者が居る。

それが青治なのである。

いったい何の趣向なのか。

鳴り物もなし、美女もなし。好事家たちは互いを干支《えと》で呼び合っているので、実際には名無しの権兵衛《ごんべえ》だ。この十二名は、新月の夜の集まりだけの仲。昼間、通りで会っても、誰が誰なのやらわからぬようにしているらしい。

太った者、やせっぽち、老いた者、青年、十二人の戌《いぬ》さん申《さる》さん酉《とり》さんたちは、それぞれ話も合いそうにない組み合わせだが、ひとつ共通しているのは、誰もが高そうな着物を着ていることだった。頭にかぶった頭巾の生地さえ高級そうである。そんな中、一人だけ顔を丸出しにした青治は、どうやら唯一の貧乏ったれのようだ。

「ささ、皆さま。御着座くださいませ」

畏れ入ったことには、黒衣《くろご》装束の者が来て、一同の前に膳を並べはじめる。仕出し屋に運ばせたというが、ことによったら吉原近くの台屋に頼んだのかもしれない。ともあれ、運んで来るのはこの家の下男——あるいは十二人の奇特衆のうちの、だれかの奉公人か。

「まずは、飲もうじゃありませんか」

上座に座った恰幅の良い御仁がいった。

肩幅が広く、声も落ち着いている。この人物こそが、今宵の座のあるじなのかも知れない。申さんと、一同には呼ばれている。

それに合わせて、皆手酌で盃《さかずき》を満たすと、申し合わせたように頭巾の下をちょいと持ち上げて酒を干した。滑稽なしぐさだが、ここは笑っちゃいけないらしい。

一同が一口目の酒を空けるのを待っていたように、黒衣が灯明の皿に油を注ぎ足す。ずいぶんと大きな皿だと思っていたら、黒衣がそこにごっそり、灯芯を足した。部屋はにわかに明るくなる。

なるほど、そういう趣向かい。

青治は、ゆらめく赤い明かりを見る。

百物語だ。この奇特衆、素性も隠して謎めかせ、怪談の会を開こうというのだ。

青治は今夜、魚河岸の若い者に頼まれて、ここに来た。その男も、得意先の大旦那に青治を誘い出してくれと頼まれたのだとか。

誘い状に書かれていたのは、

――阿呆の集まりにてそうろう。

大旦那と呼ばれる人間が、おのれを阿呆と呼ぶのに興味がわいた。金に飽かして遊ぶ連中が、阿呆を自認する集まりとは、さぞや悪趣味なことに違いない。竜のうろこに鯉のうろこ、観音さまの後光と美女の微笑、人の肌に錦を彫りこむ悪趣味に慣れた青治は、ちょっとやそっとのことじゃあ、居職の退屈が紛れなくなっている。

「今宵の御客人から、最初の怪談を語っていただきましょうか？」

奇特頭巾で隠した十二の顔が、いっせいにこちらを向く。

こいつは、気味が悪い。まったく悪趣味だぜ。

青治は手酌で二杯目の酒を干すと、あぐらの膝に片手をついた。

「それじゃあ、雨月小町《うげつこまち》の顚末《てんまつ》をお話しいたしやしょうか」

＊　　＊

巴は、つま先立ちになって、窓の桟にしがみついている。

娘らしく結い上げた髪から、赤い櫛が落ちたのにも気付かなかった。

「うー！」

日本橋小町と評判の童顔が引きつる。

剣術できたえた細腕が、殺気をはらんで震えた。

(押し入るべきか、忍ぶべきか――)

行灯に描かれているのは太った三毛猫のいたずらがき、障子にも同じ猫のいたずらがき。その猫が、半開きにした玄関からのそりと入って行った。

そこは、青治の家だった。

青治のところに彫り物を頼みに来る客は、博徒や気の荒い魚河岸の兄《あに》ィさんたち、もっと乱暴な火消しのトビなど、荒っぽい連中ばかりだ。

しかし、それより気がかりなのは、今日みたいな客なのである――。

「おう、櫛が落ちてるぜ」

「シッ！　桃ちゃん、静かに」

後ろから声を掛けられ、巴は一顧だにせず相手を叱った。

目明かしの桃助だ。

「まぁた、なに見てやがんの？」

桃助は猿に似た面相を、にやにやさせている。帯に小ぶりな十手が光っているのは、当人の自慢げな心持ちを、そのまま反射しているかのようだ。

「青さんとこに、悪い客が来てるのよ」

「悪い客だって？」

「この家に、女が居るの」

巴は台所の窓から座敷をにらむ。

「女人禁制じゃないんだから、女くらい来るだろうさ」

「だって——」

六畳間に横座りした女は、うすむらさきの無地の小袖に黒白縞《こくびゃく》の帯を締めた、小粋な年増だった。おしろいはうすいが、紅は濃い。左の目の下に泣きぼくろがあるのも、えもいわれず艶《つや》っぽかった。

——うなじのあたりから背中いっぱいにさ、雨月小町を彫ってくんねえか。

——彫り物ってのは、痛ぇんだぜ。おまえさん、辛抱できるのかい？

——おやおや、優しいことをいう、にいさんだね。

笑う赤い唇は、さながら椿の花びらだ。

三毛猫が、女のひざの上で心地よさそうに寝返りをうつ。巴の胸の中では、猫と青治の姿が入れ替わった。

「青さん、デレデレしないでよ」

巴は怖い顔で、桃助を振り返る。

「桃ちゃん、あの女を伝馬町《てんまちょう》の牢屋にぶちこんじゃって」

「馬鹿いうなよ。色目を使っただけで牢屋行きなんてことになったら、吉原遊郭の花魁《おいらん》たちがそっくり伝馬町に引っ越しだぞ。そんなら、おいらも牢役人に志願するけど」

「馬鹿！」

巴にむこうずねを蹴っ飛ばされ、桃助は丸い目に涙を浮かべて飛び上がる。

その拍子に、窓ごしに六畳間が見え、桃助は痛さも忘れてきょとんとした。

「女なんか居やしねえよ。じいさんが居るきりじゃねえか」

「うそ。——居るでしょ、ほら」

怪訝そうに覗く先、六畳間では泣きぼくろの年増が、着物を肩脱ぎにして白い背中を青治に見せている。たぐり寄せるようにして隠した乳房の巨大さを見て、巴は打ちのめされた。

「敵は手強い——」

「じじいの裸なんか覗くひまがあったら、巴ちゃんも早く帰って仕事しろ」

桃助は拾った櫛を巴の髪にさしてやると、小さな手を引っ張って歩き出す。

「道場破りが来たから、師範代を呼んで来いって親父さんが慌ててたぜ」

「道場破りなんか、待たせといてよ——」

窓から引き離され、それでも巴は窓のむこうに視線を投げた。

(でも……あの泣きぼくろのある顔、どこかで見た気がするのよね)

＊

「うなじのあたりから背中いっぱいにさ、雨月小町を彫ってくんねえか」

哀れにしぼんだ背中を見せ、じいさんはいった。

「じいさん、なにを血迷いやがった」

煙管にたばこの葉を詰めながら、青治は遠慮もなしにいう。

帰ったばかりの三毛猫が主人面してあくびをすると、のそりと動いてじいさんのひざに乗った。

「親からもらった体を、こんなシワくちゃになるまで後生大事にしてきたのに、どうしていまさら彫り物などで汚すんでえ」

「血迷ったのは、にいさんの方さ。彫師が彫り物を汚れなんていったら、他の客だって浮かばれめえに」

「他の客はいいんだよ。伊達男が彫り物をすれば伊達が増す、粋な女なら粋が増す。けれど、野暮なカタギに彫り物は毒だ。まして、老い先短いじいさんが、せっかく操をたててきたクソつまんねえ真面目な生き方に背いてまで、似合わねえ伊達を気取る理由がわからねえ。だいいち、痛さのあまりポックリ逝かれたら、それもまた迷惑だ」

ひどいことをいわれても、じいさんはただクスクス笑った。

「理由を知りたいかい」

「なんの？」

「年寄りが、伊達男を気取りたくなった理由をさ」

「べつに」

青治は煙管をプカリと吸って、うすむらさき色の煙を吐いた。

「彫り物ってのは、痛ぇんだぜ。おまえさん、辛抱できるのかい？」

「おやおや、優しいことをいう、にいさんだね」

じいさんは、着物を脱いで青治の前に寝そべった。

「さあ、この背中いっぱいに、雨月小町を彫っておくれ」

「ああ、年寄りってやつは注文まで変てこだぜ」

青治は煙管を置いて、筋彫の針を持ち上げた。

じいさんの背中は、細くしぼんでいて、触れた感じなどは干し柿さながらだ。こんな背中に彫ったら、雨月小町までばあさんになる。――そんな憎まれ口をたたきながら、青治は仕事を始めた。

じいさんのいう雨月小町というのは、桜の季節を騒がせた妖怪である。

雨月とは梅雨が来る五月（陰暦）のこと。

しかし、雨月小町の騒動はおぼろ月の春に起きた。

「おれは雨月小町を見たよ」

青治はそういった。いってから、自分でも意外なことだと思った。

青治は、仕事となれば死んだように無口になる。ひとさまの肌に針で絵を刻むのだから、気を抜くわけにはいかない。なにより、仕事が面白くて、客に愛嬌など振りまく気にはならないのだ。

それでも今日にかぎって自分から世間話など始めたのは、彫り物の痛さから年寄りの気持ちを紛らわせてやろうという、青治にしては珍しい思いやりだった。

「ほう。雨月小町は、どんな女だった」

「世間の評判どおりさ」

雨月小町は別嬪《べっぴん》だ。

髪型は粋な形で、ひょろりと細い体に不釣り合いなほど豊満な胸元をしている。短かめな着物の裾からのぞく足首のすんなりと白いことなど、まるで象牙細工のようだった。

「それだけなら、ただのいい女なんだろうが――」

――雨月小町を知っているかい？

桜の季節、ほろ酔い加減の宵っぱりをつかまえると、女はそう尋ねてくる。

このとき「知っている」などと答えようものなら、地獄に連れていかれるらしい。「知らない」と答えても、まごまごしていると腹を刃物でえぐられる。だから「知らない」と答えて、あとは一目散に逃げるのだ。雨月小町に魅入られたら、他に生き延びるすべはない。

「で、にいさんは、そん時にどうしなすったね」

「おれかい」

青治は答えようとして、ふと言葉と手を止めた。土かべがシミだらけの天井と接する辺りを見上げて、ふっと息をつく。

「じいさんには、教えてやんねえよ」

「そんなこといわずに、教えておくれ。雨月小町の顚末をさ」

「ふん」

さては、このじいさん、こちらの事情を知った上で訪ねて来たか。

しぼんだ背中に描きかけた雨月小町の輪郭を眺め、青治は「いいよ」と答えた。

＊

そもそもの始まりは、三年前の春にさかのぼる。

木綿問屋の放蕩息子が、お店の女中と心中をはかったのが発端だった。

若旦那の名は伝太郎《でんたろう》、女中はお久《ひさ》といった。

伝太郎は女あしらいがうまく、お久は色気のある女だった。

もっとも伝太郎と違って、お久はいたって生真面目な性分だ。

最初、この家の大旦那から妾《めかけ》になれと迫られて、それが嫌で息子の伝太郎に相談した。そこから恋が始まり、互いにこれが運命の相手と確信するようになる。

大旦那と若旦那と女中の、もつれた恋。

大旦那は、意固地になって息子の恋の邪魔をした。伝太郎と、同業者の娘の縁談を進めたのである。

この縁談は、伝太郎の背中を、あらぬ方向へと押してしまう。この世でそいとげられぬなら、いっそあの世で……と、芝居のような格好をして、二人は隅田《すみだ》川に飛び込んだ。

そこまでは確かに、けなげな悲恋だった。

けれど、幸か不幸か二人とも、泳ぎ上手だったのである。

ちょうど屋根船が通りかかり、二人は自力で船べりまで泳ぎつくと、ぬれねずみの姿で助け上げられた。

「やばい、助かっちゃった……」

飲んだ水を吐き出してから、お久はそうつぶやいた。

それを聞いた船頭も、思わず頭を下げたという。

「すまねえ、つい助けちまった」

かなわぬ恋を死んでかなえようとする純情は、むかしから庶民に受け入れられた。意地悪な見方をすれば、他人の色恋など本当は面白くもないのだが、死ぬほど好き合って実際に死んでしまうとは見上げたものだ、天晴《あっぱ》れだ——そして哀れだ。だから、芝居にしてまで、その恋の顚末に同情して涙を流した。


「だれも同情してんじゃねえ、面白がってたのさ」

じいさんの背中に雨月小町を彫っていた青治は、手を止める。起きて一服しろとしなびた背中をてのひらでたたくと、いびきまじりに「うご、うご」とうなずいた。

「筋彫の間に居眠りとは、じいさん、なかなか豪気だね」

「年をとると、痛みも感じなくなっちまうのかなあ」

じいさんは、たいぎそうに起き上がると、青治の淹れた番茶にせんべいをひたしてしゃぶった。

「しかし、そうかね。心中者は、面白がられてんのかね」

「ああ、お上だって、むごい罰を与えて面白がってんだ。悪趣味な楽しみだ」

心中者の生き残りは、日本橋にさらすというのが御定法である。

「そいつは、むかしの話じゃないのかい？　今だったら親が金ずくで隠してしまうだろう」

「身内がかばうとは限らねえ」

青治はかたわらに落ちていた耳かきカンザシで、耳をほじくった。カンザシは、銀細工の瀟洒《しょうしゃ》な代物だ。誰が忘れていったのかは、思い出せない。

「お久は日本橋にさらされた。おれも近所の仲間を誘って、見物に行ったよ」

「にいさんの仲間といったら、あのエテ公に似た十手持ちかい」

「ふふ」

幼なじみの縁で、青治は捕り方の桃助と一蓮托生《いちれんたくしよう》。じいさんは、やはりこちらの事情を知って来たわけだ。そうと察して、青治は笑った。

「いや、剣術道場の女先生さ。――鬼より強ぇ女でね」

「にいさんは、まだ女ってもんをよく知らねえんだ。女なんざ、本当は弱いもんだよ」

せんべいを食い終えたじいさんは、続きを急かすようにうつぶせになる。

「続きは今度にしな。年寄りの冷や水は感心しねえぜ」

「へいへい、お優しいこったね」

じいさんは話し相手が欲しいのか、彫り物の痛さを感じないのか、まだ続けていたい口ぶりだ。

青治に同意するように、太った三毛猫が起きあがる。「お帰りは、こちら」といいたげに振り返り、じいさんを玄関にいざなった。

二

夜。台所の窓から、猫が帰ってくる気配がした。

「三毛坊、おまえは図体がでかいから、うるさくていけねえ」

行灯の明かりの中で、青治は真新しい紙に筆を走らせている。

青治には奇妙な癖があった。いや、病気といった方が近い。あるいは、憑きものか。

夜、訪れる者もない刻限になると、彼は紙に墨で蝶の絵を描きはじめる。描かずには、いられないのだ。寂しいからか？　違う。怖ろしいからか？

「…………」

そうだ。怖ろしいからだ。胸騒ぎがして、居ても立ってもいられないからだ。

いつかきっと、怖ろしいものが、おれを探しにやって来る……。

描き続けるうち、胸騒ぎが癒えて夜の闇に心がなじみ、ようやく眠れるようになる。

こんなことを始めたのは、いったいいつからだったろう。幼い頃、ひとりきりで江戸に来たのよりも前、どこかの宿場で矢立と帳面を拾った時か。

(いや、あの筆と紙は拾ったんじゃねえ)

東海道の難所――安倍《あべ》川を越える絵描きの荷物から、くすねたのだ。

そう思い出して、青治はクスリと笑った。

笑った後で、われに返る。

蝶を描くときの青治はいつも、まったく顔の表情を無くしている。

(なのに、おれときたら……今、笑いやがった)

青治はうつろに片手を持ち上げ、えりの辺りをかいて、紙に視線を落とした。

蝶を描いていた紙をくしゃくしゃに丸めて、部屋の隅に放る。三毛猫が、大きな頭をめぐらせて、紙の玉が転げた先を見やった。のどを鳴らして、頭を前足の上にのせる。そのしぐさを眺めていた青治は、筆を持ちなおして紙に向かった。

ふたたび描き始めたのは黒い蝶ではなく、美人画だった。

無地の小袖に、縞の帯。髪の毛を場末の風情でじれった結びにして、こちらを見据える目元に泣きぼくろがある。

雨月小町だ。

「さては、今夜は妖怪の大盤振る舞いか」

描け、描けと、胸に迫る黒い蝶を押しのけ、雨月小町が青治の筆に取り憑いた。口吻《ふん》をぐるぐる巻いたみにくい顔の虫よりは、美人の妖怪の方がマシというもの。そう思うと、紙の中の女が笑ったように見えた。

青治が実際に雨月小町を目撃したのは、ひとつきほども前である。

おぼろ月の十三夜だった。

——雨月小町を知っているかい？

軒を連ねる古着屋も店じまいした柳原土手、ふらりと夜気を吸いに出た青治の前に、あの女は現れた。

うすむらさきの無地の着物に、黒白の帯。

うわさどおり、帯には匕首《あいくち》をはさんでいる。

剣呑だ、と思うと同時に、派手な色香に気をのまれる。

着物も帯も匕首も、すっかり引っ剝がして布団の中で抱え込んでもらえたら、寿命の十年や二十年なんぞ、くれてやってもかまわない。そんな風に思える色香をまき散らして、女はもう一度いった。

——おにいさん、雨月小町を知ってなさるかい。

——あ。

胸の中がでんぐり返った。認めるのは癪《しゃく》だが、肝が縮んだせいだ。

――こいつは、ちまたでうわさの妖怪じゃねえか。

そう思ったときには、もう遅かった。全身がこわばって動けない。

「知らない」と答えて素早く逃げなくては、刺し殺されてしまう。

しかし、妖怪ともあろうものが、刃物を使って人を殺めるのか。いぶかしく思ううちにも、女の白い手が匕首をにぎった。

――南無……東照大権現《とうしょうだいごんげん》さま。この別嬪の妖怪を成敗し給え。

天下で一番に偉いのは、日光東照宮から目を光らせている徳川家康だ。生まれが遠国であるせいか、青治はことさら江戸城のあるじを畏怖する気持ちが大きい。だから両目をつぶって、大真面目に徳川初代将軍の名を唱えた。

その時である。

――この追いはぎめ。青さんに指一本でも触れたら、許さないわよ！

家康公の御霊《みたま》とはかけ離れた、甲高い声が呼ばわった。

パタ、パタ、パタ。

草履が地面を蹴る音が近付いて、小柄な女がかばうように青治の前に立つ。手には棒っきれを握っているのだが、その姿は独特の殺気を込めた正眼の構えだ。

――巴？

驚く青治にはお構いなしに、新来者はかわいい島田まげを、ほんのわずかに傾げた。

現幻無限流の、突きの構え。

殺気がそのまま魔よけとなったのか、雨月小町は身をひるがえした。

この妖怪は、胸と腰まわりにたっぷりと肉の付いた婀娜《あだ》な肢体の持ち主だ。決して軽くはなさそうな体が、予想に反して、紙のごとくひらりと舞う。

おぼろ月に雲がかかり、つかの間の闇の中で、巴の持つ棒っきれが空を斬った。

──待て、追いはぎ！

ふたたび戻った月明かりの中、ようよう動けるようになった青治は、彼をかばっていきり立っている幼なじみと、雨月小町の消えた夜道を見比べた。

──巴、どうしてここに？　おれのこと、尾行《つ》けてたのか？

──い、いやね。尾行けるなんて、とんでもない。うちの前にソバの屋台が来たから、青さんと一緒に食べようと思って迎えに来たのよ。

巴は慌てたように両手を振って、ことさらに胸を張った。

幼児の頃から青治になついていた巴は、今でもやきもち焼きの女房みたいな熱心さで、青治を見張っている。それが別に気にもならないのは、この娘の不思議な人徳だろう。

——それよか、今の色気のお化けみたいな追いはぎに、何か盗られなかった？

——追いはぎじゃねえ。あれは雨月小町だ。

——ほ……本当に？

巴は小さな丸顔をきょとんとさせた。青治がうなずいてみせると、巴の両目が見る見る丸くなる。泣くか騒ぐかされると思い、青治はおだてるように優しい声を出した。

——いや、大丈夫だ。向こうはもう、ずらかっちまったから。

——えへ。

巴の頬っぺたに、えくぼができる。

てっきり怯えるのかと思ったら、両手を打ってはしゃぎだした。

——見ちゃった、見ちゃった、雨月小町を見ちゃった。

女剣豪の迫力は霧散して、巴は勝手な節回しで歌いながら、青治をソバ屋台に引っ張って行った。

＊

じいさんは、翌日も早くから押し掛けて来た。

明け六ツ（午前六時頃）過ぎである。

宵っぱりの青治には、まだまだ夜だ。居候の三毛猫も、青治のぐうたらが感染《うつ》って起きようともしない。猫を抱いて布団の中でねばる青治を後目《しりめ》に、じいさんは箒を出して部屋の掃除を始めた。

「へへへのホホホ、コホホホホ。わしがひいきのなァあの浜村屋《はまむら》、そして滝野屋《たきの》、高麗屋《こうらい》」

じいさんは遊里の流行り歌をうたいながら、狭い家じゅうを掃き清め、水甕《みずがめ》に水を汲んで、女中のように働いている。

それでも起きない青治には構わず、湯を沸かして、持参したにぎり鮨を食べ始めた。酢のかおりにつられて、青治はようやく猫を抱えて起き出した。あくびをすると、猫も真似る。

「こんな朝っぱらから開いている鮨屋があるのかい」

「六ツ時から始める屋台で、その名も六ツ屋というんだよ」

音を立てて茶をするじいさんは、青治には背中を向けて部屋の隅にうずくまっていた。昨夜、青治が描いた雨月小町の絵を眺めているらしい。

「にいさんも、お食べ」

じいさんは後ろ手にアナゴの鮨をよこし、絵を見て長いため息をついた。

「そんな絵、縁起が悪い」

黒い蝶にしろ、雨月小町にしろ、夜ごとの落書きは魔物のたぐいだ。燃してしまおうと取り上げると、じいさんは泣くような声を上げた。

「もったいねえこと、すんなよぉ。せっかくの雨月小町じゃねえか」

「じいさんは、何をそんなにご執心なのかねえ」

アナゴ鮨を受け取って、青治は無造作にほおばる。朝餉に食べ慣れない魚でむせていると、じいさんは甲斐甲斐しくお茶をいれてくれた。

すきを見て、青治は雨月小町の落書きを長火鉢にくべてしまう。

三毛猫が来て、そんな青治の目を盗み、鮨のアナゴを食べた。

「さあ、彫り物の続きを頼むよ」

青治が絵を始末したことに気付かないまま、じいさんはしなびた背中を出して、敷物の上に寝そべった。青治が針先を当てようとしたとき、じいさんの背中が大きくしゃみで震える。

「危ねえ」

思わずきつい声を出すと、じいさんは寝そべったまま、ひたいを畳にこすりつけて謝った。青治は要らぬ意地悪をした気になって、その埋め合わせに昨日の話の続きをしゃべり出す。

＊

木綿問屋の若旦那と、女中の心中劇。

ともに泳ぎ達者で助かってしまった二人は、好奇の目にさらされることになった。放蕩息子の伝太郎は家を勘当されて笑いものとなり、女中のお久は文字通り日本橋でさらし刑にされたのである。粗末な小屋の下に縛られたまま、三日の間、お久は衆目にさらされた。

「梅雨に入る頃だったが、その三日間だけは晴れてね」

頭の上には屋根があったものの、さぞや暑かったのだろう。お久はうつむいた顔を真っ赤にして、三日間をただ耐えた。

別嬪だ——醜女《しこめ》だ——女郎《めろう》だ——可哀想だ。

野次馬たちは銘々勝手なことをいうが、腹の中ではちょっと珍しいものを見たという程度にしか思っていなかった。その中で、ひとりだけ義憤にかられて騒動を起こした者が居る。

剣術道場の一人娘、巴だ。

——どうして女ばかりが、あんな刑罰を受けなくちゃなんないのよ。

——男は親父に勘当されて、家を追ン出されたそうだ。

同行した青治は、聞きかじったうわさを巴に告げた。けれど、巴の気持ちはおさまらない。

——なにを甘っちょろいことを。せめてあの人と一緒に、男も日本橋にさらすべきでしょう。

——そこが奉公人と主人筋の違いってもんなんだよ。

主人の肌に針の先をひと刺ししただけでも、奉公人は死罪になっても文句はいえない。

「確かに、その女先生のいうとおりだ。御定法とはいえ、奉公人だけ罰を受けるなんて、理不尽だよなあ——あ、痛てて」

背中に美しい輪郭のみみず腫れをこしらえて、じいさんは哀れな声を出す。

針の先でそのみみず腫れを描く青治も、本心を口にした。

「その点、彫師は痛快な商売だ。相手が客なら大店の主人だろうが、お大名だろうが、肌に針さして墨を入れるのが仕事だ。——どうだ、痛ぇか、ざまあみろってもんさ」

「大店の主人やお大名は、彫り物はしめえよ、うっふっふ」

じいさんは笑って背中が震え、また青治に叱られる。

「で、その女先生はお久を助け出せたのかね」

「いや、てめえも牢屋につながれた」

巴はお久に同情し、自身番に抗議した。

——あの人を放免してあげて。あれじゃあ、ひどすぎますよ。

訴えを聞く十郎親分は、困ったようにまげのわきを指で掻く。

──巴先生、そいつは無理ってもんだ。お久がさらしの刑罰を受けているのは、お奉行所から出た御沙汰なんだよ。

──義を見てせざるは勇無きなり。十郎親分ともあろうお人が、あんな無体な御沙汰に文句の一つもいわないわけ？　見損ないました。

──そんなこといわれてもね。

──それでは、わたしが、お奉行所に行ってまいります。

巴の声は不自然に静かだった。この娘は可憐な外見に反して、一騎当千の剣豪である。十郎親分の頭に、芝居で見た忠臣蔵の名場面がよぎり、大いに慌てた。

──皆の衆、巴先生を止めろ！

十郎親分と家主、様子を見に来た道場の門弟が、とびかかるようにして巴を止める。

敷かれた玉砂利が大仰な音をたてて、一大事の空気をあおった。

──巴先生、気短《きみじか》を起こすな。思いとどまってくれ。

──まだ奉行所に殴り込みなんか掛けてないわよ！

──殴り込んでからじゃ、遅いでしょう！

居合わせた男衆が総出で巴を捕まえると、自身番の牢に押し込めた。青治は幼なじみだということで、文句もいえずに見張り番をさせられたという次第である。

「まあ、巴が怒ったのも無理はねえ」

青治はじいさんの肌の具合を見て、針を持つ手の角度を変える。

「ご公儀が心中を厳しく取り締まっていた昔は、生き残りは日本橋でさらし刑にされたそうだが。今どきは、そんなことはしねえ。つまり、お久がさらしものにされたのは、意地悪な横槍が入ったからなのさ」

法に従えば、心中者への刑罰は存外に重い。

死人の弔いは許可されず、なきがらはカラスや野良犬のエサになる。生き残りは人《にん》別《べつ》（戸籍）から消され、社会的に抹殺される。

しかし、時代が経つにつれて厳罰は建前にかわった。生き残った者は、暗黙のうちに救済されるようになったのだ。

ところがお久が昔どおりの刑罰を食らったのは、ひとえに奉公先の大旦那のせいである。

——あの女、おれをソデにしておいて、息子と心中をはかるとは。

大旦那にしてみれば、これほど憎い女もない。裏で金を使ってでも、法どおりの裁きが行われるようにはかった。

「馬鹿な野郎だ」

大旦那は自分の恥をさらし、店の評判を落として、息子とは生き別れになった。生き残りである若い二人にしても、親の妨害からは自由になったが、結局は一緒にならなかった。

覚悟がかなわず川から助け上げられ、伝太郎は面目がつぶれて、お久は日本橋にさらされた。恋は恥へと転じたのだ。二人は、生き延びた後のゴタゴタに嫌気がさし、もはや好きも嫌いもなくなってしまった。互いに、もう顔も見たくないし、まして改めて心中する気になどなれない。

お久は、世話人の手で両国の軽ワザ小屋に売り飛ばされた。皮肉なことに、泳ぎ上手で心中をしそこねたため、身のこなしの敏捷さを買われたのである。

そこでしばらく働いていたが、面白くないことがあったのだろう。すぐに星屋《ほし》という矢場に移った。

おもちゃの矢でおもちゃの的を射る他愛ない遊技場だが、客はそこに勤める女を目当てに遊びに来る。矢場の女は、遊女と大差ない。ひとときの逢瀬が、金で買えるのだ。

「お久が流れ着いた星屋は、とりわけガラの悪い客が多かった」

両国の軽ワザ小屋と折り合いの悪かったお久は、古参の者たちに意地悪されて、わざわざ危ない店に放り込まれたのだろう。

案の定、矢場で喧嘩沙汰に巻き込まれた。

元よりお久という女は、木綿問屋の主人父子が取り合いをするほどの器量である。

血の気の多い客が二人、またしてもお久をめぐって匕首を抜く騒動になった。

——お客さんがた、矢場で刃物は野暮でございますよ。女が欲しいなら、せめてこっちの比べっこでもなせえ。

そういいながら出て来たのは、星屋の隠居、作兵衛《さくべえ》だった。

匕首を抜いて気を吐く男たちの前につかつか歩み出ると、作兵衛は無造作に双方の刃物をたたき落とす。続く動作で、二人の股ぐらのものを鷲づかみにした。

——ぎゅう。

ならず者たちは作兵衛に大事なものを引っこ抜かれそうになり、そろって変な声を上げる。作兵衛がゲラゲラ笑って手を放すと、男たちは這々《ほうほう》の体《てい》で逃げ去った。

——ああ、ご隠居さん！

お久にしてみれば、木綿問屋での運の悪い恋愛以来、これほど痛快な思いをしたことはなかった。お久は手を叩いて喜び、作兵衛も老いた顔を若者のように紅潮させた。

これがなれそめで、孫娘と祖父ほど年の離れた二人は、ほどなく祝言をあげることとなった。お久にとって、この血の気の多い老人は、生まれて初めて出会った頼りがいのある男だ。お久は向島《むこうじま》の小さな家で、新しい暮らしを手に入れた。

三

お久が星屋作兵衛の女房になってから一年——今年の早春のことである。

心中のもう一方の生き残り、伝太郎が怪異な死体となって発見された。

場所は、巣鴨《すがも》の空き家。無人の庭の樹上で、伝太郎はモズの速贄《はやにえ》のごとく、カチコチに硬直して死んでいたのだ。

——なあ、どう思う？

桃助は幼なじみの青治を現場に引っ張り出し、途方にくれた目で死体を見上げた。

巣鴨は縄張りちがいだが、死人が日本橋の人間なので、行って来いと十郎親分にいわれた。それはいいのだが——。

なにしろ、十手を持たされてから初めて遭遇した変死事件である。詮議のメドを立てるどころか、目の前のなきがらを、どうしたものかすら見当がつかない。

あいにくと当地の目明かしたちは、別件の大捕り物で到着が遅れていた。

——おいら、このままじゃ十手を取り上げられちまうかも……。

桃助は素直なたちだ。おまけに、いまだにおっ母さんのいい付けにも逆らえぬ甘えん坊である。

——まずは、やっこさんを降ろしてやんな。

——おっと。そうだな。

青治が樹上を指さすと、桃助はとたんに張り切った。木登りは巧みで、変死体を担ぎ降ろす度胸や力もある。その点では、頼もしい男だ。

——あーあ。めった刺しだな。

伝太郎の命を奪ったのは、彼自身の匕首だった。

腹と胸を何ヵ所も刺されていて、問題の凶器は、みぞおちの柔らかい辺りを深くえぐったままで残されている。

他殺だとは容易に知れた。

わからないのは、どうして枯れ木のてっぺんに居たのかということである。

犯行は夜更けだったが、隣家の者に目撃されていた。

——前の晩に、なんとも不気味な声がしたんだよ。地の底からうめくっていうのかな。

——この男が殺された時の悲鳴と違うのかい？

——いいや。あれは妖怪の声だ。赤ん坊の化け物……いや、赤ん坊を抱えた女の妖怪が、木の上に居るのを見た。てめえが妖怪で乳が出ないから、男を襲って生き血を飲ませてやがったんだ。

下手人を見たという証言は、だんだんと現実離れしてくる。ちまたに雨月小町という妖怪が出没し始めたのも、ちょうど同じ時期だった。春霞とおぼろ月のあわいから現れる、あの妖怪だ。

――妖怪なんざ、坊主や行者にまかせとけ。おまえは、伝太郎の身辺でも洗ってきな。

――あいよ！

青治が八丁堀同心のように威張って指図すると、桃助は素直に駆けだした。

＊

仕事中は無口が信条の青治も、じいさんのおかげで、すっかりおしゃべりになってきた。

じいさんは、しなびた背中に美女の姿が彫られてゆくのが嬉しいらしく、彫りの痛さにくじけもせず、約束の日には必ず訪ねて来た。手みやげに、鮨や菓子、ときには生きたウナギを持ってきて、手ずからさばいて料理までする。

「女房に先立たれたから、飯のしたくはお手の物なんだよ」

小さな後ろ姿を見せて、じいさんはよく働いた。

「今日は気が乗らない」

青治がそんなわがままをいう日には、二人で芝居見物にも行った。

そこまでされれば、こちらもむげには扱えない。じいさんに促されるまま、青治は雨月小町をめぐる一段を物語ることになる。

「捕り方の連中は、心中から助かった後の伝太郎の暮らしぶりを調べ上げた。やっこさんは親父に勘当されたあと、小間物屋で使い走りをしていた。店のあるじは菊次って男だ」

菊次の店は、柳原土手にある。

——なんだよ。江戸中を走り回ったのに、うちの近所に居やがったのかよ。

詮議の手がかりが目と鼻の先にあったので、桃助は拍子抜けしていた。八つ当たり加減に、小間物屋のあるじをにらむ。

にらまれた先の菊次としても、伝太郎の話題は不愉快だったようだ。

——伝太郎のやつ、向島に昔の情人《いろ》を見つけたとかいってさ、とっくに店をやめたよ。ズラかるついでに、帳場から銭を抜いて行きゃあがって。

菊次の災難を聞きながら、じいさんはなぜか浮かない様子だ。

青治は針を持つ手を止めて、煙草盆を引き寄せた。

「伝太郎は向島といったが——。向島には、星屋作兵衛の家がある。伝太郎が再会した女というのは、お久のことだったんだ。おそらく菊次の使いで櫛やら紅やらを商いに行って、偶然に見つけたんだろうな。それで、焼け棒杭《ぼっくい》に火がついた」

心中騒ぎから三年近くが過ぎている。

助かった直後は二人ともずいぶんといやな目にあったし、互いに顔さえ見たくないと思っていた。しかし三年という時間が、そんな恨みを流し去った。三年分だけ年をとった二人は、作兵衛の目を盗んで火遊びを楽しむようになった。

——こいつの世話を、頼まれてくれねえか。

ある時向島の家に、伝太郎は真っ白い仔猫を抱えて来た。前にお久が猫を欲しがっていたのを覚えていたのだ。

案の定、お久は猫を抱き上げる。エサだ寝床だといって仔猫をめぐってはしゃいでから、二人はごく自然に笑顔を交わした。

「そいつは、女たらしだね」

「前は心中で、今度は亭主持ちになった女と密通だ。よくよく迷惑なやつだぜ」

青治はそこで言葉を切り、通りを行く気の早い金魚の行商に耳を傾ける。

じいさんは「もう、夏かい」と、しみじみつぶやいた。

「折も折、星屋の隠居は長らく家を留守にした。お伊勢《いせ》参りに行ったんだ。あすこは、六十年に一度の御蔭参りってのが特別だけど、作兵衛は年だからね。御蔭参りには十年早えが、その十年てのもキリがいいってさ。作兵衛さんは若い頃からの仲間たちと連れだって、旅に出ちまった」

星屋作兵衛には、それがアダとなった。

伝太郎とお久にとっては、どうだったのか。

――うちの亭主の作兵衛さんは、そりゃもう甲斐性があるんだから。

一つの布団に入って、お久は作兵衛に与えられた着物や小間物を自慢する。中には、かつて小間物屋の使い走りをしていた伝太郎が、手ずからこの家に届けた品まであった。

べっこうの櫛、友禅染《ゆうぜんぞめ》の小袖、銀の耳かきカンザシ、おしろいを溶くかわいらしい器。

三年のうちに、これほどの品をそろえるだけ自分は出世した。これだけの品を買ってくれる亭主と出会った。お久は、伝太郎に嫉妬させたかったのだ。

伝太郎は一つ一つを改めながら、「これは贋物《にせもの》」「これは安物」「こんなものは、実家にあった調度に比べるべくもない」と、いちいち文句をいった。

――じゃあ、これならどうさ？

そういって見せたとっておきが、大振りの鏡だった。

布団の中から腕だけ出して、お久は鏡を窓明かりにかざす。とたん、するどい光が走って、そこに居ない女の姿が土かべに揺らいだ。

——う……！

耳かきカンザシで耳をかいていた伝太郎は、起きあがって悲鳴を上げる。

その様子を見て、お久はようやく満足した。

——どう、怖い？　この鏡は雨月小町っていうの。光を当てると、鏡に閉じこめた女の幽霊が出てくるのさ。

——幽霊だって……？

鏡を揺らすと女の幽霊はよじれ、消えてはまた現れた。

伝太郎が青ざめた顔を両手でおおうので、お久は呆れた。

——伝太郎さんたら、昔からそんなに怖がりだったかしらね。

——こん中に、幽霊が……閉じこめられているのか？

——そう。この鏡の中には、女が閉じこめられているの。うちの人が、確かにそういっていたわよ。

——こんなの持ってて、祟りはないのか？

——さあ、どうかしら。

伝太郎が本気で怯えているのを見て、お久は気分が良かった。

伝太郎は霊の祟りを心配し、お久の体調を案じたり、家の隅に盛り塩などし始めた。

大げさだと笑うお久を見て、伝太郎の顔つきはいよいよ深刻になる。

——お久、この鏡をおれに預からしてくれ。知り合いの和尚に頼んで、お祓《はら》いをしてもらうんだ。そうじゃなきゃ、おまえはいずれとり殺されちまうぜ。おれにはわかるんだよ。

おれには、わ、わかるのだ。

そう繰り返す伝太郎を見ているうち、お久もなんだか怖ろしい心地になってくる。鏡の重さなのか、指先が冷たくなった。ふとめまいがして、お久が鏡を布団の上に投げ出すと、天井に映った雨月小町は揺らぎながらうなずいたように見えた。

——きゃ。

お久は、両手で大きな乳房を抱え込んだ。

——お久、紫色の布はないか。早く、早く探してこい。

伝太郎はお久に紫色の袱紗を持ってこさせ、それで雨月小町の鏡を包み込むと、急いで自分も身支度をした。

——心配すんな。大丈夫だ。おれに、まかせるんだ。

紫の色には魔物を閉じこめる力があると、伝太郎は聞きかじりの知識を説明する。その態度が、いつもと違って少しも得意げでないことに、お久の胸騒ぎはひどくなった。

まう。

——でも、ちょっと待ってよ。鏡から幽霊が消えたら、わたしは亭主に叱られてしまう。

鏡を持ち出そうとする伝太郎の背中に、お久はとりすがった。

——馬っ鹿野郎。そんなことといってるうちに、お前が祟り殺されたりしたら、大変だろう。幽霊が消えて叱られるのなら……そうだな……旦那がお伊勢参りしたご利益で、幽霊は成仏したとでもいえばいい。

伝太郎は深刻な顔に笑みを作ると、お久を力付けるように一つ大きくうなずく。見開いた目を覗き込んでから、きびすを返して向島の家を出た。

そんな顛末を、伝太郎は行きつけの酒場で、面白おかしく仲間に語って聞かせた。

伝太郎は、雨月小町の鏡を寺に持って行くことなどしなかった。元より、お祓いなどする気もない。怯えた素振りは、お久から鏡を取り上げるための方便だったのだ。

——ほぉら、お化けだぞ。

伝太郎は幽霊が現れる鏡を使って、なじみの遊女を相手に遊ぶ。

遊女が本気で怯えるのに味をしめて、夜道で酔漢《すいかん》たちを脅かしもした。

雨月小町はまったく不思議な鏡で、光を当てると女の姿が現れる。不意にそんなものに出くわして、泡を吹いて倒れる者も現れた。

——面白れえ、面白れえ。

たちの悪い遊びに飽きると、お久に返すでもなく、伝太郎は鏡を質に入れた。

「その質屋に盗賊が入り、借金の証文やめぼしい質草がすっかり持って行かれてしまったんだ。伝太郎が、木の上で変てこな死に方をしたのは、それから間もなくのことだった」

青治は、じいさんの背中に色刺しを始める。

伝太郎のコスい悪事を聞き集めて来た桃助は、小さな十手をなでながら不気味そうにいったものだ。

——伝太郎は、鏡の妖怪に祟られたんだ。雨月小町に殺されたんだよ。

桃助は、下手人が妖怪だと決めつけている。

実際、伝太郎の死んだ直後から、雨月小町が夜道に出現するようになったのだ。

今度は伝太郎の悪ふざけとは違って、生身に見える女が夜道に現れて、酔っぱらいの男たちに問いを投げる。

——あんた、雨月小町を知っているかい？

うなずけば取り殺される。

逃げ遅れれば刺される。

そんなうわさが酔漢たちを怖がらせた。

青治がこの妖怪に出くわしたのも、そんな頃だった。あの折は運良く幼なじみが助けてくれたおかげかも知れないが、刺し殺されることはなかった――。

「捕り方の調べでは、妖怪に刺し殺された者は居なかったらしい。とかく、怪談ってのは、口から口へ伝わるうちに、話が大げさになるんだろうよ」

けれど、雨月小町の怪異は続く。

雨月小町の鏡を伝太郎などに預けてしまったお久も、奇妙な死に方をした。まるで縁もない男と、心中して果てたのだ。

四

しばらく梅雨の湿った天気が続き、じいさんの足は遠のいた。

身内があるものやら、どこに住んでいるやらも聞いていない。身なりは清潔だし、来るたびに一分ずつ銭を置いて行ったから、金に困った風でもないが。

(とうとう痛くて逃げやがったか、それとも――)

ようやく色付けのぼかし彫りが仕上がるところだったので、青治はほそい鼻梁《びりょう》にしわをこしらえ「ちっ」と舌打ちした。

(寿命でおっ死《ち》んだかな)

彫り物は彫られた人間と一緒に、棺桶の中で朽ち果てる。じいさんの雨月小町はいつになく上手《うま》いできだったので、中途で終わらせるのは惜しかった。

憂さばらしに桃助の仕事に口を挟もうとしたが、両国の矢場で切った張ったの捕り物があって、腕っぷしはからきしの青治の出る幕などないという。剣術道場の巴は、稽古で木刀をふるっていた。

「つまんねえ」

畳に寝転がって眠りかけていたら、女の手に揺り起こされた。

夢の中だと知りながら、青治はたいぎそうに寝返りを打つ。

――にいさん。仕事を半端にして寝てんじゃないわよ。

うすむらさきの袖からこぼれたような、白い手が肩に触れる。泣きぼくろのある顔が、笑った。

(どこかで見た女だ)

そう思ったとたん、前に夜道で行き合った妖怪の姿が頭に浮かぶ。

「うぎゃあ、うぎゃあ」

どこからか赤ん坊の泣く声がして、樹上にあった伝太郎のむくろを思い出した。夢には理屈が通用しない。連想した伝太郎のむくろが、たちまち青治の目の前に出現した。雨月小町が伝太郎の腹をかっさばいて、流れる血を赤ん坊に飲ませている。

（――――）

ゾクリとして目を開けた先に、しわだらけの小さな笑顔があった。

そこが夜道ではなく自宅の畳の上で、目の前に居るのが雨月小町ならぬ客のじいさんだと気付くまで、しばらく時間が要った。

じいさんのわきには白猫が居て、この家に住み着いた三毛とにらみ合いをしている。

じいさん自身は、小さな目をしょぼしょぼさせて、こちらを覗き込んでいた。祝い事でもあったのだろうか、唐桟の着物でめかしこんでいる。その一張羅《いっちょうら》が白い毛にまみれていた。いったいどこから、白猫を抱いて来たものか。

「にいさんは猫が好きみたいだから、うちのも見せてやろうと思ってさ」

「おどかすな」

にらみつけるが相手は怯《ひる》むことなく、持参した包みを開き始めた。江戸城大奥の御用達店で買ってきたという菓子を、見せびらかした。

「お食べよ、寄水《よりみず》というんだよ」

うるち米の粉でこしらえた餅を、食べやすい大きさにしてねじっている。ほんのりとした白と黄色の具合は、いかにも御殿女中たちが好みそうでかわいらしかった。

「今日まで、何してやがった」

心配したと口に出すのもしゃくで、青治はそっけなくいう。

じいさんは「菓子を買いに」と、とぼけたことをいって背中を見せた。青治の枕を取り上げて、畳に寝そべる。

「続きを頼むよ」

「ふん」

怒ったように顔をしかめながら、青治は背中に彫り込んだ美女の顔をじっと見た。

(久しぶりじゃねえか、姐さん)

夢で見たのと同じ女の口に、紅の色を入れる。しばらく間を空けたせいで針の痛さがこたえるのか、じいさんは背中をねじらせ、また青治に叱られた。

「動くと危ねえ」

「ごめんよ、ごめんよ。――それで、にいさん、続きはどうなったかね」

じいさんは、物語の続きをねだっている。そう気付いて、青治は前回の締めくくりの辺りまでさかのぼった。

「伝太郎は鏡の中の雨月小町に祟り殺された。それから、江戸の夜道には雨月小町の妖怪が現れるようになったんだ。

――雨月小町を知っているかい？

それが、妖怪の決まり文句さ。雨月小町が現れるのは、決まって夜更け。いかにもロクデナシ風の男ばかりが、雨月小町に脅かされて怖ろしい目に遭った」

その中には、青治自身も入っている。

「そうして、鏡をやすやすと伝太郎に渡してしまったお久も、さして間をおかずに不可解な死を遂げたんだ。お久は、今度は本当に心中してしまった」

心中といえば、たいていは男が女を殺してから、おのれも死ぬ。

しかし、このたびは逆だった。

男のむくろに刺し傷があり、お久は水死していた。二人が恋仲でなかったのも、奇妙なことだった。

「もう一つ、奇妙なことがある」

お久の懐中には、雨月小町の鏡が入っていた。

「このときもまた雨月小町の祟りに違いないと、読売や絵草紙に騒がれたが――。肝心の雨月小町の妖怪は、それからぱったりと出なくなった」

お久と一緒に死んだ男の素性は、桃助が探り当てた。

丑寅《うしとら》の忠左《ちゅうざ》。

丑寅は鬼門のこと。鬼門とは鬼の出入りする方角だ。縁起の悪い二つ名を持った泥棒だった。

死ぬより少し前、小間物屋の菊次の元に、この丑寅が珍しい鏡を持ち込んだという。

かつては盗品売買で鳴らした菊次は、美術品の鑑定にくわえて、裏社会の事情にも通じていた。

――あの鏡、星屋の隠居が持っている雨月小町だと、あたしはピンときたね。それをいったら、丑寅はちょっと顔つきが変わった。売ろうとして来たのか、目利きのあたしに相談に来たのかは知らないが、礼の一言もいわずに帰って行きやがった。

桃助の話を聞いて、青治は得心がいった。

そのときのことを思い出し、青治は長い息をつく。

「まずは――。間男の伝太郎を殺めたのは、雨月小町の妖怪なんぞじゃなく、お久だった。いや、どっちにしても同じことだが」

「どういうことだね、にいさん」

じいさんは、寝そべったまま黄色い寄水をほおばる。歯の抜けた口で餅菓子を食べる音が、くちゃくちゃと響いた。

「いつまで経っても伝太郎が雨月小町の鏡を返さないんで、お久は伝太郎を問いつめた。すると、伝太郎は悪びれもせずにいってのけたのさ」

――面白ぇおもちゃだから、しばらく楽しませてもらったが、手元不如意だったもんでね。質に入れちまった。

——それは、どこの質屋なの。早く請け出さなくては、大変よ。

お久は色をなして、伝太郎を問いつめた。

亭主は、ほどなく帰って来る。星屋作兵衛はお久の前ではおだやかに振る舞っているが、長く矢場を仕切ってきた怖ろしい男だ。刃物を持った二人の若者を打ち負かしてしまったのを見て、作兵衛に惚れ込んだのは事実だ。けれど、お久はあの強さと怖ろしさが、自分に向けられると考えただけでも身が震える。

——どこの質屋なのか、早くいってよ。あんたもわたしも、うちの人に殺されちゃうよ。

——老いぼれなんかに、負けるかよ。

伝太郎は懐手に匕首をちらつかせて凄んだ。お久は息を飲んだが、それは伝太郎の持つ刃物に怯えたのではない。しゃべり続ける伝太郎の言葉に、血の気が引いたのだ。

——請け出そうったって、無駄無駄。なにせ、質屋に泥棒が入って、あの鏡も盗まれちまったそうだから。

怒った亭主に追い出されたら、今度こそ二人で暮らそう。

巣鴨に頃合いの良い空き家を見つけたから、これから下見に行こう。

お久が反論するひまもなく、伝太郎は自分が拾ってきた仔猫を抱いて出かけた。

時刻は夕刻を過ぎている。

途中、出会い茶屋でいちゃついてから、屋台でソバを食べた。そんな寄り道のせいで、目的の場所にたどり着いたのは、木戸の閉じる四ツ時（午後十時頃）に近かった。

「そのときね、猫がさ、木に登りやがったのさ」

青治は、じいさんの連れてきた白猫を抱いて、その背をなでる。

同じように、あのときのお久も抱いた猫をなでた。それが計略だったのか、偶然だったのか、猫はたちまち枯れ木を登って降りられなくなる。

――うぎゃあ、うぎゃあ。

まるで赤ん坊みたいに哀れっぽい声で、猫が鳴いた。

どうせ拾った猫だから、このまま置いて行こうという伝太郎に、お久は助けてやってとねだった。

――しょうがねえな。駆け落ちしようという矢先、新居で猫に死なれるのも験《げん》が悪いか。

――あんた、匕首をよこしなよ。木から落っこちてケガしたらいけないから。

伝太郎がいっぱしの悪党を気取って持ち歩いている匕首を、お久は心配げにいって預かった。

——そんなドジするもんか。

伝太郎の苦笑いが、おぼろな月明かりの中で見て取れた。

木登りなど、子どもの時分からしたこともない。文句たらたら枯れ木に登った伝太郎は、樹上で仔猫に腕を伸ばした瞬間、背後に人の気配を感じる。

「すぐ後から、お久が登って行ったんだ。お久は、両国の軽ワザに出されたくらい、身の軽い女でね。木登りなんてお手の物だった。危なっかしい枯れ木の上も、身軽なお久にとっては独壇場だ。簡単に伝太郎を殺せたんだよ」

「どうして、その男を殺したんだね」

じいさんは青治の猫をなでようとして、爪を立てられた。「痛いよう」というと、三毛猫は赤い口を横に開いて残酷げに鳴く。

「お久は亭主が怖かった。伝太郎の厚顔無恥な強引さも怖かった。心中のときだって、このたびの鏡の一件だって、伝太郎はむちゃくちゃなやり方で、お久をどん底に突き落とす」

——地獄に落ちるなら、あんた一人で落ちりゃいいのよ。

お久の胸からは、黒い怒りが吹き出していたに違いない。

「あの女は、怖れる気持ちと同じほど、亭主の作兵衛に惚れてたんだろうさ。だから、心中のときより、いっそう伝太郎に業腹《ごうはら》だった。三年前は何一つ持っていない小娘だったが、今は亭主との暮らしがある。それを壊す伝太郎は、許せねえ。もちろん、亭主の居ぬ間に浮気に転んだおのれにも、腹を立てたんだろうさ」

「殺すほどにかい」

「そうなんだろうな」

青治は手を止めて、じいさんに血止めのクスリを渡す。猫に引っかかれた手の甲から、年寄りにしては意外なほど血があふれていた。

「猫はおっかないねえ」

「ああ、猫はおっかねえ」

事件のとき、隣家の者が聞いたという赤ん坊の声は、実際には猫の鳴き声だった。伝太郎が猫をだしに使って始めた恋の火遊びを、お久も同じ猫をだしに使って終わらせた。

「そんなことに使われたら、猫が可哀想だよなあ」

じいさんが懲りずに手を伸ばすと、三毛猫も今度は神妙な顔で背をなでさせた。

「伝太郎を殺めたのが、腹立ちまぎれだったのか、作兵衛との暮らしを守るためだったのかは、今となってはわからねえ」

お久はその夜から、雨月小町を探しまわった。

質屋を襲った盗賊と、奪われた雨月小町の情報を得るため、夜陰にまぎれて様子の怪しい男たちの前に現れたのである。

――にいさん、雨月小町を知っているかい？

それが、前に伝太郎のしでかしたいたずら――鏡を使って酔漢を驚かした雨月小町の怪異と入りまじり、ちまたには女の妖怪のうわさが立つ。

「皆が皆、怪談を信じたわけじゃない。さっきいった泥棒……丑寅の忠左なんぞは、雨月小町が生身の女だと見抜いちまった。なにせ、質屋から同じ名の妖怪が憑いた鏡を盗み出した当人だ。夜道でお久に出くわして、雨月小町のことを尋ねられたんだから、この女が持ち主だとすぐにわかった」

丑寅は雨月小町の妖怪女を尾行《つ》けて、向島の家を見つけたのだろう。

その後、目利きの菊次を訪ねている。丑寅はそこで、問題の鏡が星屋作兵衛の持ち物だと知らされた。

作兵衛の身辺を少し調べれば、身持ちのよくない若い女房と、その間男のことは簡単に探りだすことができた。

作兵衛はお伊勢参りに出ているが、間もなく戻る頃だ。

間男の伝太郎は奇怪な死を遂げ、若い女房は自ら怪しげな行動をとって雨月小町を探している。

「丑寅の忠左は、雨月小町をめぐって何が起きているのか、わかっちまった」

伝太郎が大切な鏡を質に入れ、お久が怒って彼を殺した。

鏡の紛失と浮気が亭主に露見するのを怖れ、お久は雨月小町を探している。

その現物を、丑寅の忠左は持っている。

「そんなとき、小悪党が考えつくのは強請《ゆす》るとか集《たか》るとか、そんなもんだ」

丑寅に鏡と引き替えに金を持って来るように持ちかけられたとき、約束の橋の上でお久は相手を刺し殺した。伝太郎のときと同じく、匕首で何度も腹と胸をえぐった後で、川に落としたのだ。

鏡を取り戻した後、自ら身投げしたのか。あるいは、まだ息の残っていた丑寅に引っ張られたのか。お久もまた川に落ちた。

生き延びるつもりでいたのなら、泳ぎ上手のお久のことだから、岸にたどり着くこともできたはずだが、彼女は水底に沈んでしまった。懐中に雨月小町があったからだ。

言葉を切った青治は、じいさんの背中に描き上げた美女の姿を眺める。

思えば、じいさんがこの家の戸を叩いた日から、雨月小町の物語をたどってきた。その運命を語り終えてようやく、青治は怪談の美女と再会できたような気がした。

（いい仕上がりだ）

うぬぼれるたちではないが、しなびた背中には惜しい別嬪に彫りあがった。「早く

とに気付く。

見たい」と急かすじいさんに意地悪して、つくづく眺めるうちに、何かが足りないこ
「ああ、泣きぼくろ」

いったん起きあがったじいさんを転がして、左目の下にほくろを入れる。最後の仕上げが痛かったのかと思いきや、じいさんはくすぐったがって身をよじった。

「何度いったら、わかるんだ。彫っているときに、暴れんな」

「ごめんよ、ごめん」

じいさんが素直に謝るのを見て、青治は手鏡を渡してやる。

片手に鏡、もう一方の手に唐桟の羽織をつかんで、じいさんは合わせ鏡で自分の背中を見つめた。

「ああ、きれいだねえ。かわいいねえ。凄味もあるねえ」

白猫が、三毛猫の腹に頭を載せてあくびをする。

首を傾げて背中の彫り物を見つめるじいさんに、青治はなにげなしに声をかけた。

「星屋、作兵衛さん」

呼んだと同時に右手が空を切って、手にした針がまっすぐにじいさんの背中へと飛ぶ。

同じ瞬間、じいさんは無造作に羽織を振り上げた。

――！


針は羽織の裾のあたりに刺さり、じいさんはそれを抜き取る。

「商売道具を粗末にしたら、いけないよ」

青治の手に針を返しながら、初めて名を呼ばれたじいさんはそういった。

少しの間、表情のない目で互いを見ていたが、じいさんの視線が先にそれた。台所の窓から覗く島田まげの娘に気付いて、ニンマリと笑う。

「にいさん、こっちの素性に気付いてたなんて、人が悪いなあ」

着物を着て羽織を手に持ち、じいさんは白猫の名を呼んだ。

「お久は、おれの居ない間に丑寅の忠左と心中した。……その理由が知りたくてさ」

「そうかい」

「そのわけが、どう頭をひねってもわかんねえ。そんな時、日本橋の青治って彫師が、ちょっとした捕り物名人だと耳にしたもんで」

「ああ、いいかげんなうわさだ」

「それに、お久のやつね……。心中者だから、ろくな弔いもできなくてさ。だから、背中にお久の彫り物をしてやろうと思ってさ。――おれが死ぬまで、いつまでも一緒に居てやろうと思ってさ。おれが死ぬときに、一緒に十万億土に連れて行ってやろうと思ってさ」

「ふん」

青治は今日の代金である一分銀をてのひらで転がし、片眉を上げてじいさんを見る。

「なあ、じいさん。雨月小町の鏡のカラクリを教えてくれないか」

「ああ、あれは透光鑑《とうこうかん》といって、昔からあるものだ」

じいさんは、背丈のわりに大きなてのひらを振って説明する。

「金属で鏡を作るだろう、鋳型から取り出して表面を炭ややすりで磨く時に、ほんの少しだけ凸凹《でこぼこ》を付けるんだよ。名人なら自在に好きな絵を浮かび上がらすことができるんだ」

「わざわざ、どうしてそんなものを作ったんだ？」

「こいつと同じだね」

じいさんは、着物を着てしまった背中を目で示す。

「お久がいつまでも、おれのそばに居るとは思えなくて、居なくなってもあの姿が見られるようにと作らせたんだ。だけど、本当に居なくなってしまったよ」

「そうかい」

青治はじいさんが泣いているような気がして、その顔を見たいとはどうしても思えず、ただ手振りだけで別れの挨拶をした。

台所の窓から覗いていた巴は、狭い玄関から出てくる客の後ろ姿を見送った。いつも来る泣きぼくろの年増が、甲斐甲斐しくえりを直してやりながら、老人のかたわらに付き従っている。

巴は不思議とあたたかい心地になって、二人の姿が見えなくなるまでその場に立っていた。

＊　＊　＊

もう明け方も近い。

十二人の好事家たちが九十九の怪談話を語り終えたときには、灯芯はただ一本だけになり、広い座敷はその小さな赤い明かりに照らされただけの闇に変わっていた。

「百物語は、百話目を語れば怪異が現れると申します。ここは九十九話で打ち止めにして、お開きといたしましょう」

上座に座る恰幅の良い男――申さんがそういったとき、一同が俄《にわ》かにざわめいた。

「一人、多い」

泡を食うやせっぽちの未《ひつじ》さんにつられて、皆が仲間たちの数を数えだした。

客人の青治を数にはいれずに十三人。何度数えても十三人。

「だれかが紛れ込みやがった。頭巾をとって確かめようじゃないか」

気短らしい丑さんの提案に賛同する者が六名、反対する者が七名。奇数だ。

やはり、奇特衆の中に部外者が一人紛れ込んでいる。

不思議なことには、仕出しの膳もその十三人分が用意してあった。

「落ち着きなさいましよ、皆の衆」

もしもここで頭巾を取ったら、会の掟が破られて二度とこの集まりができなくなる。

いや、それに加えて、十三人のうちの一人とは、怪談話につられて入り込んだ物《もの》の怪《け》に違いない。百物語の百話目の怪異を怖れて九十九話で止めたのに、どうでも最後の怪談を語らねばならぬように仕向けられたか。

「皆さんは、顔を出しちまってこの集まりがおしまいになるのが怖いんでござんすか？　それとも、百話目の怪異が怖いんでございますか？」

青治が問うと、十二人、いや十三人は「怪異ならば受けて立とうが、集まりを続けたいから困っている」という。

「それじゃあ、簡単だ。干支の順番に手をお挙げなせえ。二人の手が挙がったら、そのどっちかが、物の怪だ」

ざわざわと、目ばかり出した奇特頭巾の連中は、その目を見かわした。

子《ね》、丑、寅……と一人ずつ唱えて片手を持ち上げる。

午《うま》、未、申までできたら、二つ手が挙がった。

上座に座る申さんと、青治の隣に座る、まだ年若い男だ。頭巾の間からのぞいた細く引き上げた銀杏《いちょう》まげは、してみれば最初のころには居なかったように思える。

「恨みっこなしだ、お二人さん。頭巾をお取んなせえ」

青治が迫ると、上座の恰幅の良い方が、ひと息ついてさっと頭巾を外した。

その下から現れたのは、青治も知るある木綿問屋の大旦那である。見守る一同の中には、その屋号を呼んで驚く者もいた。しかし、皆の注意はたちまち残る一人へと移る。

「こんどは、おまえさんだよ。頭巾を、さあ、お取んなせえ」

青治は、この男にしてはずいぶんと優しい口調でいった。

細い銀杏まげの若者は、観念したように両手で頭巾をつかむと、するり、するりとそれを外した。現れた顔を見知っている者も居て、「おお」とどよめきが上がった。そのうちのだれかが「伝太郎さん」と名を呼ぶまで、青治にはそれがだれかわからなかった。

（こいつが、木綿問屋の放蕩息子、伝太郎かい。お久に殺されても成仏できず、百物語に呼ばれてくるほど迷ってやがったのか）

薩摩《さつま》がすりの袖が、見れば下半分が透けている。

伝太郎は目の前に置かれた膳をすうっと通り抜けて、明かりの近くに進み出た。
ジ、ジ、ジ……と灯芯がいぶる。
黒い煙が出た。

その煙越しに、伝太郎は畳に両手をついて、大旦那に頭をさげた。

「お父っつぁん、このたびはとんだ無調法なことで」

「で――伝太郎や」

大旦那が気をのまれるうちに、伝太郎の幽霊は灯明と同じくよじれて揺らぎ、消えた。

(仕掛けやがったな)

青治は大旦那を見る。

この男は作兵衛のじいさんとおなじように、青治の語りを憑坐《よりまし》にして、大馬鹿野郎の息子を呼びたかったのだろう。親子は今夜ようやく仲直りしたが、片方は三途の川の向こうに行ってしまった。

大旦那はかぶっていた頭巾を膝の上でたたむと、たった一本残った灯明を消した。

夜は明けかけている。朝日がにじみ出した部屋の空気が、カツンとひとつ大きく鳴った。

第四話　カタキ憑き

一

卯太郎《うたろう》は横殴りの雨に視界をさえぎられながらも、前を行く仇を懸命に追っている。

夜の雷雨は、水路を波打たせ、稲妻を乱反射させていた。

(今夜こそ——必ず、必ず——)

仇は、六尺(約一・八米《メートル》)近い図体の、胸板の厚い、まるで熊のような男だ。

水路によって短冊のように区切られた木場《きば》を、仇は走っている。

けれど、どうして、ヤツは走っているのだろう？

卯太郎に追われていることに気付き、逃げているのか？

(あいつも、だれかを追っているのか？)

豪雨のとばりを通して見え隠れする仇の行く手に、また別の人影が見えては消えた。

雨にけぶる闇の果て、一本松の向こうの掘っ建て小屋が、カッと光る。

小屋の向こうに、雷が落ちたのだ。

「加納源垂《かのうげんすい》、覚悟しろ！」

卯太郎の怒号が金切り声となって口を出たが、風雨と雷鳴にかき消された。

しかし、その声は加納の足を止めた。

加納源垂は松の木を背にして、こちらに向き直る。

「だれかと思えば、おぬしか」

加納の顔に驚嘆が見えたが、すぐに憎々しい笑い顔がとって代わる。

「洒落《しゃら》くさい」

筋骨たくましい腕を覗かせ、刀を抜く。

「ひ！」

心ならずも、卯太郎の口から悲鳴がもれた。

情けない声が、そのままおのれへの叱責となって、卯太郎を突き動かす。

おれは、いまさら臆するというのか。

もはや、ヤケクソになって抜刀した。

卯太郎は命綱にすがるように柄《つか》を握り、仇に向かって突進する。
斬るか？　斬られるか？　斬るか、斬られるか。
卯太郎の足は、もはやおのれの意志では止められぬ車輪のように、仇へと接近する。
稲妻が一本松をてっぺんから裂き、太刀を振りかざして待ち受ける加納を照らした。
視界が光に包まれた次の刹那、刃は仇の胴を貫く。
仇は、倒れた。
卯太郎もなぜか、後方に吹き飛ばされる。
「やった……」
ぬかるみに尻もちをつき、大粒の雨に打たれながら、卯太郎はからだを震わせた。
加納源垂は体を卯太郎の刀に貫かれて絶命していた。
大願が、今、成就したのである。
「兄上。卯太郎は、成し遂げましてございます――！」
よろよろと、まるで酔っ払いのような足取りで立ち上がった。
卯太郎を再び駆けださせたものは、歓喜であったのか錯乱であったのか。
彼はこの場所にたどり着いたのと同じ勢いで、驟雨《しゅうう》の闇の中へと消えて行った。

＊

雨が上がった朝、桃助が六道館を訪れた。

裏門をとおり、鶏が遊んでいる井戸端から勝手口へ。からりと戸を開けたら、巴が居た。

「やあ、巴ちゃん」

小さく整った巴の顔を見たとたん、桃助の心がほんわか浮き立つ。

（いかん、いかん）

今日は十郎親分から用事をいつかって来たのだ。かわいいねとか、一緒に芝居見物でもどうだいなどと、口説き文句はひとまず封印だ。

「巴ちゃん。六道館に、行き倒れが担ぎ込まれたんだって？　困るようなら、自身番で引き取るからって、十郎親分がいってるぜ」

「そうなのよ」

巴は煮しめの鍋からこちらに向き直り、前垂れで手を拭いた。黒目がちのひとみをくるりと動かして、裏座敷の方を見やる。常ならば、剣術の稽古や、遊びたい盛りの孤児たちの声で、六道館は戦場のごとき喧噪に満ちているのだが——今日は少しばかり静かだ。

「チビ助たちは、病人が居るから静かなんだね」

「ええ。案外といい子たちでしょ」

巴は小皿にこんにゃくをとりわけて、桃助に差し出した。

「味見して」

「ほほ、熱っ、熱っ、うまいよ」

桃助の上々の反応を見て、巴は鍋をかまどから外した。代わりに、豆を煮る大鍋を載せる。六道館は食べ盛りの孤児たちを抱えて、調理風景はいつも炊き出しのごとしだ。

「で、行き倒れの素性はわかったのかい？」

「担ぎ込まれてきたきり、一度も目を開けないのよ。ゆうべの雨に打たれたせいか、ひどい熱なの」

巴は、小さな丸顔をしかめて、かわいい渋面をつくった。

まげに挿した櫛が少しだけ曲がっている。桃助は迷いに迷ってから、そおっと手を伸ばして直してやった。ありがとうといわれるか、おせっかいといわれていやな顔をされるか。どきどきと待っていたら、裏庭のほうで奇声が上がった。

野太い――というわけでもないが、大人の男の声である。

子どもの声に比べて、大人のわめき声というのは剣呑なものである。

そして、ここは六道館だ。なにごとか起これば、すぐに子どもたちが騒ぎ出す。

「なんだか知らねえが、一大事みたいだぜ」

桃助が草履を脱いで板の間に上がりかけたとき、サカナというあだ名の娘が、狼狽と好奇心の混ざった顔で注進に来た。

「巴先生、大変。今朝の病人さんが、急に起き上がって騒ぎ出したの。それで――」

サカナの訴えが尻切れになったのは、高い水音がしたためである。

それは、裏庭の池から聞こえてきた。

子どもたちの悲鳴が、水音に続く。

「ああ、桃ちゃん、大変！」

「桃助さん、こっち、こっち」

巴とサカナは同時に叫び、桃助の手を左右から引っ張った。

囲炉裏《いろり》のある茶の間を突っ切り、内玄関のすぐ隣の居間から廊下に出る。

「二人とも、待ってよ。待ってくれよ」

目を白黒させながら引っ立てられる桃助だが、実のところ敏捷さでは一流だ。三人そろって廊下を抜け、縁側を駆け下り、植え込みの間をぬって池まで走り着いた。

そこに待っていたのは、池の周りで「わあ、わあ」と騒ぐ子どもたちと、その池にはまって手足をばたつかせる大の男の姿である。

「なにやってんだ、あいつ」

あまりに変てこな光景なので、桃助はしばし唖然となる。

子どもたちが「わっ」とばかりに桃助を取り囲んだ。

「桃助さん、あの人を助けてやって！」

振り返れば、巴も切羽詰《せっぱつ》まった顔色で「うん、うん」とうなずいている。

「おう」

桃助は膝下あたりまでしかない池に入った。鯉たちが逃げ惑って、ざぶり、ざぶりと跳ねる。男は水の中で腰を抜かした格好で、さかんに手をばたつかせていた。

「こら、あばれんな、あばれんな。――よいこらせっ、と」

男を支え上げたのだが、その目方が軽くて桃助は驚いた。まるで小娘みたいにきゃしゃなのである。袖からはみだした腕には、およそ筋肉らしいものがない。

「よっと」

桃助は男を抱えて、花の終わったアヤメのわきから庭に上がった。

ひとまず、苔の生えた土の上に寝かす。

男の袖からこぼれた金魚を、年がしらのトンボという男の子が拾って池に返した。

「あんまり人騒がせなことすんなよ」

金魚が元気に泳ぎ出すのを横目で確認して、桃助は仰臥《ぎょうが》した男に目を移した。

口からだらだらと水を吐いた後、男は目ばかりは凛々《りり》しく桃助をにらみ上げた。

実に弱っちいが、物腰は武士のようだ。少なからず情けない様子を眺めながらも、桃助は相手の素性をそんな具合に値踏みした。

「おまえさん、どちらのお方だい？」

「おれは津軽《つがる》浪人、加納源垂である」

男は作ったような野太い声で名乗りをあげる。むくりと起き上がると、なにを思ったか再び池の方に歩いていった。足元がおぼつかないので、桃助はよちよち歩きの赤ん坊を見守るみたいに、両手を差し伸べて追いかけて行く。

「へえ、加納源垂さんていうのかい」

若いのに爺《じじ》むさい名前だな。桃助はそんな言葉を呑み込んで、巴たちを振り返った。

「この人、初めて名乗ったわ」

「桃ちゃんにだけ、ずるーい」

騒ぐ一同をよそに、男は不意に昏倒する。高い水音が上がって、再び池の中に倒れ込んでしまった。

助け上げた男の口の中から金魚を救い出し、子どもたちが文句をいった。

「こいつ、金魚を食った！」

「どうして、こんなに池の近くに行きたがるのかしら」

巴がいった。

桃助は男をかついで屋敷にもどり、濡れた着物を脱がせ、ふんどしも脱がせ、乾いた浴衣を着せて、布団に寝かせた。なんだって赤ん坊の世話でも焼くみたいに、こんなやせ男の面倒をみなくちゃならないのか。考えていたら腹が立ってきたが、こいつのふんどしを外した格好など、巴の目に触れさせるわけにはいかない。

(断じて、そんなわけにはいかねえ)

正体なく眠る男のひたいをぺしゃりと叩いて、桃助は台所に顔を出す。

「それじゃあ、巴ちゃん。おいら、帰るよ」

「帰る前に煮豆の味見をしない?」

巴が小鉢に熱い煮豆を取り分けてくれた。

「うめえや」

巴の作るおかずは、いつもうまい。そして、ちょっぴり塩辛い。

二

帰りは、勝手口ではなく玄関に案内された。桃助が加納源垂の世話をしている間に、巴がわざわざ草履を運んでくれていたのである。一人前扱いされるのが嬉しくもあり、遠慮なしに出入りしていた少年時代が遠ざかった心地もする。

「桃ちゃん。せっかく来てくれたのに、ごめんね。あの加納源垂さんて人、しばらくうちで看病するから。あの様子じゃ自身番に引き渡すなんて心配だもの」

「うん。十郎親分にもそう伝えておく」

巴としばしの別れも切なく、ついため息などついてしまう。その憂い顔に、外から来た客の影がかかった。

「おう、桃兄ィ。行き違いにならなくて良かった！　自身番で聞いたら、こっちに居るっていうからさ」

新来者は、声変わり前の少年の声で、いっぱしの口をきいた。

顔をあげた先、ひょろりとした少年と、恰幅のいい中年男がこちらを見おろしている。少年と中年男は、その抜け目ない表情ばかりはそっくりだ。

「桃兄ィ、巴先生、うちのちゃんが悪党にだまされたんだ。捕まえて、とっちめておくれ」

少年が細い鼻をふくらませて、口惜しげにいった。

用向きの口上を横取りされた中年男は、しかしそれが自慢でたまらないというように、少年の頭をなでた。

「いや、そんな大したことでもないんだけど。倅が、許さん許さんといって、きかないもんだから」

如才なさと押しの強さを笑顔の下に隠し、中年男は勧められる前から草履を脱いだ。

「結城屋のご隠居と次郎じゃねえか。どうしなすったんで?」

ご隠居と呼ばれた中年男は、長兵衛という。隠居するにはいささか若いのだが、薬種店の結城屋は弟に譲った身だ。連れている次郎は、十年も生き別れていた実の倅である。その生き別れの十年間、次郎はこの六道館に居たのだから、勝手知ったる、だった。

「桃兄ィ、ちゃんの話を聞いてやっておくれよ」

次郎は桃助の手を引いて、廊下を歩き出す。

その背中に、巴が慣れた様子で声をかけた。六道館に居れば、これくらいの番狂わせは日常茶飯だ。

「次郎、長兵衛さんを上の間に案内してちょうだいな。桃ちゃんも、もうしばらく居てくれるわよね」

「おうさ、お安い御用だよ」

床の間のある部屋に通されて、煮豆とお茶をふるまわれた。濃い味の煮豆に、苦いお茶がよく合う。次郎は慣れ親しんだ味付けに、「煮豆は、こうでなくっちゃ」と、また生意気なことをいった。

桃助はあらためて長兵衛に向き直ると、帯にはさんだ十手をそれとなくなでて、身を乗り出した。捕り物の玄人として頼られるのは誇らしい。

「長兵衛さんをだますなんて、あくどい野郎も居たもんだ」

「いや、お恥ずかしい」

長兵衛は、かつては敏腕な商人として名を馳せた男だ。人にだまされるなど、われながら信じられないことらしい。かといって、さほど怒っているようにも見えなかった。隠居して勘の衰えたことで、おのれの人間性が回復したと喜んでいる節もある。

「まったく、わたしも鷹揚《おうよう》になったもんだよ」

そういって差し出したのは、金色のウリだ。いや、よく見ればウリではなく、耳をふさいだ猿の像だった。

「これは有名な、見ざる、聞かざる、言わざるの一つ。聞かざるの猿ですかい」

日光東照宮のみごとな三猿《さんえん》の彫刻とは違って、のっぺりした楕円に猿らしい目鼻を刻んだだけの素朴な像だ。ただし、その重量感と金一色に輝く鮮やかさは、なかなか迫力があった。

「もしや、金無垢？」

「親分も、そうだと思いますかね」

まだ親分などという身分ではないと承知の上で、長兵衛は桃助を持ち上げた。

桃助は素直に喜んで「いや、親分だなんて」と照れている。

「親分のご慧眼《けいがん》のとおり、これは例の三猿のうちの一体でね。ひょんなことから手に入れたんだ」

「ちゃんは、身投げしようとしている円吉《えんきち》ってヤツを助けたんだ。そいつが――」

口を挟む次郎の頭に手をやって、長兵衛は優しく微笑む。

桃助の隣で像を覗き込んでいた巴が、「あんたは、あっちで遊んでて」と追い払った。

「なんだよ、おれが持ってきてやった話じゃねえかよ」

文句たらたら、それでも六道館の孤児たちと合流できるのが嬉しくて、次郎は飛び出して行く。

「先だって、身投げをしかけた男を助けましてな。そやつ、名を円吉と申しました」

長兵衛は話し出した。

いかにも食い詰めた風のしょぼくれ男が、川口橋から隅田川に身を投げようとしている場面に出くわしたという。

辺りは大名屋敷や武家屋敷が並ぶ一帯で、人通りもない。たまたま散歩に来た長兵衛が止めなければ、男は十中八九そのまま水に落ちていただろう。死ぬといってさわぐ円吉を、いさめたり、なだめたり。長兵衛は、円吉を深川の小料理屋まで連れて行った。

——旦那さんは無慈悲なお方だよ。いっそ死なせてくれてたら、わっちは今頃は溺れて苦しいところも通り越してさ、閻魔さまから同情の言葉の一つももらってたとこなんだ。

髪も身なりも放ったらかし。月代から髪をぼうぼうに生やした見すぼらしさで、円吉は泣いた。

その姿に、長兵衛は捨て置けぬものを感じてしまう。他ならぬ長兵衛自身、似たようなありさまで、世の中に背中を向けて生きていたことがあるのだ。

——わたしにできることがあるなら、いってごらん。

出された飯に手も付けず、円吉はぐずぐずと渋ったあげく、観念したように懐中から何かを取りだした。身投げしても浮かばないように石でも抱いていたのかと思いきや、金色をした猿の像だった。

——日光東照宮でも有名な、三猿の一個でさ。わっちが一番羽振りの良かったころに買った金無垢でね、三つ合わせたら百両はくだらねえって大層なものなんだ。

——そんな宝物を抱えて身投げとは、いよいよ解せないね。

長兵衛がいうと、円吉は両手で顔を覆って泣き始める。

はなをすする音に、茶を注ぎに来た仲居が顔をしかめた。

長兵衛は男には花紙を、仲居には一朱銀を一枚握らせた。

――わっちの倅が……あの馬鹿息子が、人の道を踏み外したんでございますよ。

思わぬ小遣いをもらってホクホク立ち去る仲居を見送り、円吉は弾けるように泣き声をあげた。

――あいつは、わっちと違って頭の良い子でね。けど、なまじ小才が利くのがいけねえんだ。誰に似やがったんだか博打好きな性分で、負けても負けても懲りやがらねえ。それで、ご禁制の賭場に入り浸ったあげく、とんでもねえ借金をこしらえて、奉公先の金に手を付けやがった。

――それは、いかんな。いったい、いくらやっちまったのかね？

長く大店を仕切ってきた長兵衛には、その小才が利く倅とやらの所行は許し難い。しかし、銭金で命が買えるなら安いものだということも、おのれの半生を通して学んだことだった。

――百両。

――百両だって？　おまえさんの倅は、ひどい愚か者だよ。十両盗めば首が飛ぶ。そんなことも知らんで、どこが小才が利くのかね？

百両という金を得るに要する苦労をざっと頭に巡らせてから、長兵衛は甲高い声を上げる。

円吉は自分が叱責されたように、畳を後ずさってうなだれた。

その様子があまりに悲しげなので、長兵衛は円吉がまさに身投げしようとしていた事実を思い出す。そして、膳の前に放り出された金の猿像を不可解そうに見た。

――しかし、おまえさん、こんな金無垢があるんじゃないか。こいつが三体なら、百両になるんだろう?

――そりゃ、そうなんですよ。わっちもね、道具屋に持ち込んで、買い取ってくれと頼んだんですが……。

細工が悪い。おまえのような貧乏人が、金無垢の三猿なんて持ってるはずがない。本当に金無垢だっていうのなら、後ろ暗い品なんじゃないかね。いや、そもそも金無垢だとは思えんが。

――てんで取り合ってくれねえ。倅は親ならば金を工面しろと暴れ、あいつが仕えているお店の方でも帳面が合わないと騒ぎ始めて……。

別の道具屋に頼むのも時間がない。うろたえるうちにも、息子もお店も、いよいよ血相を変えて、父親である円吉を責めてくる。

――もうわっちは、いやんなっちまって。いっそ、こいつと一緒に大川に沈んでしまおうと思ったんでございますよ。川底までは、誰も追っかけて来ないもんねぇー。

語尾を哀れっぽく伸ばす円吉の、まげともいえぬほど解《ほっ》れた頭を見下ろして、長兵衛は腕組みをした。

——よろしい。その金無垢の三猿、わたしが百両で買い取ろう。

——え？

もたげた円吉の顔には、まさに金無垢みたいな光が射していた。

——でも、旦那。それじゃあ、あんまり申し訳ない。命を助けてもらった上に、ひやっひやっひやっ……。

しゃっくりでもするみたいに繰り返し、円吉はようやく「百両」といい切ってから、まさに地獄で仏に出会ったように手まで合わせ始める。長兵衛が少々気前が良すぎたかと後悔し出したところで、円吉はガバリと平伏した。

——百両じゃ、あまりに申し訳ない。わっちも家財の一切を処分して、なんとか二十五両を工面いたします。だから旦那は、この金無垢を一体につき二十五両、七十五両だけ貸してください。

長兵衛は承知して、すぐに円吉を結城屋に連れて行った。

切り餅（二十五両）三つ、ぽん、ぽん、ぽん、と、土気色したてのひらに載せてやる。

——うわあ、ありがてえ。神さま、仏さま、旦那さまだ。残りの二ぁつ、見ざると言わざるは、この後ですぐに届けに上がります。

汚れた袖で顔を擦りながら、円吉は声を震わせた。

「ひょっとしてその人、残り二つの猿を持って来なかったんですか？」

巴は、気遣わしげに長兵衛の顔色をうかがった。

「面目ない」

いくら待っても、円吉が残りの金無垢猿を届けに来ないので、長兵衛の胸にようやく疑念がわく。まさかと思いつつも、手元にある聞かざるを持って、目利きの元を訪ねてみた。

目利きとは、柳原土手で小間物屋の店を出している、菊次という男である。

菊次は、問題の猿の像を見て、吹き出すのをこらえたという。

──長兵衛さん、悪いヤツに引っかかったね。そいつは猿売り円吉って悪党だ。野郎の手口ってのは、細工は流々……じゃないんだが。

そういって、菊次は猿の像を眺めた。

──円吉は、芝居が上手なんだよ。やっこさんが空涙を流すと、茶碗のかけらだって大判小判に見えてきちゃうんだわ。長兵衛さんがお持ちになったこれも、銅に鍍金《めっき》したって代物だね。せめて細工が良ければ値打ちもあるが、これじゃあねえ……。

かつては盗品売買に手を染めていた菊次は、とりわけ後ろ暗い品には鼻が利く。

ウリにおざなりな目鼻を付けたきりの聞かざるは、二十五両どころか二束三文もいいところ。しかも、残り二つにまで大枚をはたいてしまったのだから、慰める言葉もなかった。

――もう、あたしとしちゃ、笑っちゃうしかないんだけど。

菊次は無情にもゲラゲラ笑った後で、奉行所にでも訴えろと忠告したらしい。

「だけど、うちにも世間体があるからね。話が大きくなるのも気が引ける。ここはひとつ、桃助親分の手で猿売り円吉をとっちめてくれんかね」

「桃ちゃん、どうするの？」

巴の心配顔を見たとたん、桃助は奮起する。「よござんすよ！」と胸を叩いた。

「おいらも十手を持つ男だ。悪党を野放しにしたままじゃ、面目が立たねえ。長兵衛さん、猪牙舟にでも乗った気で待っててくれ」

「大船じゃなくて、猪牙舟かね？」

猪牙舟は、吉原遊郭に向かう客が使う小舟のことだ。若造らしいシャレを笑うと、無理にもその場は納まってしまう。長兵衛は太り肉《じし》の体を揺らして「よいこらせ」と立ち上がった。

「次郎、次郎。長兵衛さんの用事が済んだわよ」

巴に呼ばれてもどった次郎が、先に立って玄関に案内する。

「猪牙舟ってのは、舟足が速いんだぜ」

玄関のこちらで長兵衛親子を見送りながら、桃助はだれにいうともなくつぶやいた。

赤い櫛を挿《さ》した島田まげが傾いで、巴が桃助を見上げる。

「桃ちゃん、大丈夫？　思いがけないお土産を持って帰ることになっちゃったけど」

「まかしとけって」

桃助は、帯にはさんだ十手に手をやった。

三

深川の木場から水路を一つはさんだ土手で、男のなきがらが見つかった。

浪人の風体をした筋骨たくましい巨漢で、みぞおち辺りに太刀が突き立てられ、大の字に転がった格好でこと切れている。

その顔が、眉をつり上げ、大口を開け、憤怒と歓喜が入り混じったような死に顔をしているというので、酔狂者が画帖を持って駆けつけた。

彫師の青治である。

枝のねじくれた松の木が昨夜の落雷で裂けたのか、男と一緒に転がっていた。それに加えて、死人の形相の物凄さ。見れば見るほど、強烈な景色だ。

「おまえは、相変わらず悪趣味だな、青治よ」

検分に来た十郎親分は、死骸よりも青治の画帖を見て口をゆがめた。

十郎親分はこの一風変わった彫師を、少年の時分から見知っている。しかし、この男の性根が、冷酷なのか優しいのか、剛胆なのか小心なのか、そのあたりがどうにもわからない。結局のところ、ちょっと危なっかしい部類の人間として、十郎親分はこっそりと青治の名を腹の中の帳面に記していた。

青治は勘がいい。だから、十郎親分のかすかな不信感は気取《けど》っているはずだ。それでも互いに親しげなのは、青治の幼なじみが十郎親分の手下《てか》として働いているからだった。

「あ、桃助が来た」

青治が、憎らしいほど整った顔をもたげた向こう、当の幼なじみが証人を伴って近付いて来た。

証人は、女だった。

やせている、というよりは、やつれている。不吉な現場に尻込みした様子で、桃助の後ろを三歩遅れておずおずと従っていた。身なりや髪型からして四十歳近い様子だが、顔つきをみれば更に十歳ほど老けて見えた。

「こちらはホトケの連れ合いで、七尾《ななお》さん。長唄の師匠をしてなさる人です」

桃助は十郎親分に向かって殊勝な様子でいい、青治に目を移してからニカッと笑った。

(青治の野次馬)

(うるせえ、お猿そっくり野郎)

幼なじみの挨拶は、声に出さずとも伝わる。二人はそんな具合に目を見交わした後で、すぐにおのれの本分に戻った。

「七尾さんは、昨夜からご亭主が戻らないので、心配していなさったそうで」

桃助がそこまでいうと、七尾という女は巨漢のむくろを見つけて悲鳴を上げた。大の字に倒れた腹に、まっすぐ太刀が突き立ててあるのだから、悲鳴も出ようというものだ。

「おっと、すまねえ」

十郎親分は検分の済んだことを確認した上で、刀を抜くと、なきがらを胸元辺りまでムシロで覆った。悪趣味な写生の途中だった青治は、「ちっ」と小さく舌打ちをして、画帖を閉じる。

「あんた――あんた」

死者の迫力に満ちた顔は、今にも起きてしゃべり出しそうな気配である。その首ったまにしがみついて、七尾という女は泣きに泣いた。

「結局のところ、やっこさんは誰ぞに殺められちまったわけだが――。大の男が、しかも侍が、一晩戻らないだけで、女房はさほどに心配するもんかね」

桃助の丸い耳たぶをひっぱって、青治は耳打ちする。

聞こえるほどの声でもなかったが、男にすがっていた七尾はキッとした顔で振り向いた。

「この人には、仇が居たのです。昨日の夕刻、長屋の窓からその仇が通るのを見つけたってんですよ。すぐさま、雨の中を追いかけて行って、このとおりなんだから」

言葉を切って、女はまた号泣する。

泣く者を相手にするのは、桃助たちより十郎親分の方が一枚も二枚もうわ手だ。

「わあ、わあ」という泣き声の、「わあ」と「わあ」の息継ぎに素早く話をはさんだ。

「その仇とは、どこのどいつかね？」

「あたしがわかるものですか。この人、仇のことを話すのを、それはイヤがってましたから。だけど、何がなんでも見つけだして、目にもの見せてくれるっていってました」

「ところで、おまえの連れ合いは、どういう人なんだ？　名は？」

肝心のことを聞きそびれていた。十郎親分はそういって、もみあげを掻く。

女は泣きやんで、死人に目をやった。

「この人は、津軽藩の浪人、加納源垂って侍なんですよ」

「はあ？」

桃助が、頓狂な声を上げた。

「どうした、桃助？」

「いや、実は……」

今朝がた高熱を出して六道館に担ぎ込まれた若侍が、それと同じ名乗りを上げていたのだ。――そんな経緯を話すと、十郎親分は強面の顔をますます険しくして、ムシロを掛けられた遺体をつくづくと見た。

「なあ、桃助。気付いてたか？」

青治は矢立に筆を納めると、懐に隠す。

「なにを？」

「あの女、ずいぶんと泣いてるが、ちっとも涙が出ていねえ」

ささやいた先から、七尾という女は再び「わあわあ」と泣きじゃくった。

＊

「おう、七尾ではないか。よう迎えに来てくれた。こんな所に押し込められて困っていたのだ」

六道館の客間で寝ていた若い侍は、面通しに連れて来られた七尾を見て、さも安堵したように笑顔を見せた。

「誰ですか、この人」

七尾はうなじの後れ毛を撫でながら、困った顔をした。

付き添った巴と桃助に加え、興味本位で同行した青治の三人は、不可解そうに視線を交わす。

「誰って……津軽浪人の加納源垂さんじゃないんですか？」

尋ねる巴に、七尾は仰天したようにかぶりを振った。

「あたしの亭主は——加納源垂は、さっき深川の木場近くで見つかったじゃありませんか。あんなにむごいありさまで、死んでたじゃありませんか。あ……あんた方、亭主を亡くしたあたしを、よってたかってなぶる気ですか？」

巴につかみかかろうとするので、桃助が割って入った。

「けど、こちらの若いお侍も、今朝から加納源垂だって名乗ってるんだよ」

「そんなの、知るもんですか」

ふくれっ面をこしらえて、七尾は脇を向いた。二人が仮に同じ姓名だとしても、この病人が彼女を親しげに七尾と呼ぶのは、いかなる仕儀か？　皆の無言の問いに、七尾の堪忍袋の緒が再び切れかけた。

「こっちが訊きたいですよ！」

「ま、ま、ま、それは置いといて」

桃助は相手の憤《いきどお》りを鎮めようと、大げさに手をばたつかせる。

「それじゃあさ。この人は、ゆうべおまえさんの亭主が追いかけて行った相手とも違うのかい？」

「違う人です」

七尾は桃助の陰に隠れるようにして、病人の顔に不審なまなざしを投げた。

「遠目に見ただけですけど、こんな若い人じゃありませんでした。お侍じゃなくて、ちょっと怪しい様子の町方の者でしたよ。でも、もういいわ――」

混乱を押さえるように七尾は、うすいてのひらでひたいを覆う。

「もう、いいとは？」

巴が訊いた。そのそばから、若侍が哀れっぽい様子で七尾に取りすがろうとする。

「七尾、どうして知らんぷりをするのだ？　よもや、亭主を見忘れたのか……」

七尾の顔色を見て、巴は彼女から若侍を遠ざけようとした。

「本当をいうとあたし、うちの人のことはよく知らないんです。さっきも申しましたように、源垂には仇が居て、ずいぶんと恨んでいるようでした。それから、生国は奥州だと聞いたけど、あたしはそんな遠い国のことなんか、知りゃしない。なんで浪人したのか、お侍の事情だって、さっぱりわかりませんよ」

七尾は一気に話してから、巴に押さえられた格好の若侍を見据える。

その視線に負けたように、若侍は目をそらした。

「そっちのお方も、何のつもりでうちの人の真似なんかしているのか知りませんけど。そんなことまで、抱え込む余裕なんかありゃしないんだ。今のあたしは、うちの人のお弔いをしなくちゃなんないんだから――」

七尾はもはや泣くでもなく、早足で六道館を後にした。

「七尾、亭主を置いて一人で帰るとはなんだ。こら、七尾。こら、七尾！」

事情を呑み込めない様子の若侍は、言葉ばかりは居丈高《いたけだか》に七尾の名を呼び、子どものように涙を流して追いすがった。

＊

別室に引っ込み、似たような格好で腕組みする青治と桃助のところに、巴が油紙に包まれた書状を持って来た。いっしょにほうじ茶とおこしをすすめる。

「まぁ、一服してから」

「ありがてえ――おっと」

桃助がうっかりして書状に茶をこぼし、油紙の上だから良かったものの「ドジ」と巴に叱られた。

「これね、加納源垂さんの襟の中に縫いつけてあったのよ」

「おっ死《ち》んだ方か？」

青治の不謹慎な質問に、巴は「そうじゃなく、あの病人の方よ」と答える。

そんな会話の奇妙さに、三人は改めて眉根を寄せた。

「で、何て書いてあるんだい？」

「勝手に見ちゃっていいのか、迷ったんだけど――」

丁寧に包んだ油紙を外すと、中から神仏の名を連ねた誓紙がこぼれ出た。

梵天帝釈、四大天王、総日本国中六十余州大小神祇、別伊豆箱根両所権現、三島大明神、八幡大菩薩、天満大自在天神……。

「ねえ、これって起請文《きしょうもん》じゃないの」

読み上げながら、巴は問題の書状を二人の前に広げて見せた。

起請文とは、神仏への誓約書だ。願いを立て、それを果たせない場合は神罰を受けると宣誓してある。

「起請文なんて、わたし、初めてみたわ」

「おいらは、前にいっぺん見たことあるよ。十郎親分とこの家主が、酒を断つといって起請文を書いたんだ。本当に、こういうのだったぜ」

「で、どうなったの？」

「かなり、頑張ったらしいんだけどね。結局、姪《めい》っ子の祝言でとうとう飲んじまってさ。そしたら、たちまち罰《ばち》が当たったね」

禁酒の誓いを破った家主は、へべれけに酔って裏長屋のドブ板につまずき、足をくじいた。そんな逸話を披露した後、桃助は咳払いして居住まいをただす。

「しかし、こっちのは穏やかじゃねえな。仇討ちの起請文だぞ。何がなんでも仇を倒すと書いてある」

「問題は仇の名だ」

青治に促されて先を読み進む巴と桃助は、そっくりな表情で目を丸くした。

「仇の名は——加納源垂？」

「加納源垂って、あの人の名前でしょ。自分を倒す起請文を、後生大事に持ち歩いてたってわけ？」

「川っぷちで死んでいた男も加納源垂だ。女房の七尾の話じゃ、仇を追っかけていたそうだな。加納源垂という男は二人居て、起請文を書かれるほどの仇として追われていたのに、てめえも仇を追っかけていて——」

「ややこしい」

話をまとめようとする桃助を、青治はイライラとさえぎった。

「起請文には、兄夫婦を殺されたと書いてあるわよ。願を掛けた人の名は、津軽藩士の雪村《ゆきむら》卯太郎ですって」

指先でまげを撫でていた桃助が、「あ」といって顔を上げる。

「あの若い方は、加納源垂じゃなくて雪村卯太郎なんじゃないかな？　仇討ちの起請文を後生大事に持ち歩いているのが、その証拠だ。本物はきっと、討たれて死んだ方なんだよ。雪村卯太郎は加納源垂を討ったはいいが……」

「討ったはいいが？」

催促するように巴が訊くと、桃助は居心地悪そうに尻をもぞもぞさせた。

「討ち果たした仇の魂がさ、雪村卯太郎に取り憑いちゃった」

「えええー！」

巴が泣きそうな声を上げて青治にしがみつく。

「ねえ、桃ちゃん、覚えてる？　あの若い人がうちの池に落ちたときのこと。あの人、溺れてもまだ池に近付きたがっていたわよね。あれは、水鏡に自分の顔を映して見たかったんじゃないのかしら？」

「てめえが誰なのか、確かめようとしてたってことか？」

青治もまた気味悪そうに首をすくめたとき、人ともつかぬ黒い影が庭を横切るのが、見えた気がした。

*

吉原遊郭は二万坪の土地に、三千人の遊女を擁する天下一の盛り場だ。

大門《おおもん》をくぐった大通りが仲《なか》の町《ちょう》。

この世の極楽と称される、華やかな妓楼《ぎろう》は吉原の背骨である仲の町を中心に広がっていて、ここから離れるほど、店の格は落ちる。

遊郭全体をぐるりと囲んだ、おはぐろどぶの近くなどは、河岸見世と呼ばれる場末だった。花魁道中も御大尽の豪遊も縁のない、苦界の際である。稼業から足を洗えないまま老いた遊女や、病持ちの女郎、背負った厄介事を撥ねのけられなかった連中が、貧しい見世を構えていた。

そんな具合に不幸が固まって落ち着いてしまった一角で、青治は知り合いを待っている。

雨をはらんで湿気《しっけ》た風が、おはぐろどぶにさざ波を立てる。

おはぐろどぶの幅は二間（約三・六米《メートル》）。遊女の逃亡をふせぐための堀だ。

その腹いせなのか、遊女たちが使い残しのおはぐろを流し、水路はすっかり黒くなった。

日常と遊郭とを隔てるこの黒い川は、ある意味、三途の川と似ていなくもない。

青治がそこで待ち合わせた相手は、江戸詰の津軽藩士だった。

故郷には妻子が居るというのに、遊女とねんごろになると少年のように思い詰めてしまう。あげく、自分で敵娼《あいかた》の名を腕やら腿に彫り込んでは、熱が冷めたころに後悔するという手合いだ。

「やあ、福士《ふくし》さま」

振り向いた相手は色白の美丈夫で、何やら下心ありげな笑みを浮かべた。

「また、なんかしくじりをしなさったね」

相手の笑顔の下にあるものを見透かして、青治は無遠慮にいった。

「左様」

この福士という侍は、国なまりを隠すために、はじめのうちはことさら堅苦しい言葉を使う。しかし、そんな化けの皮はすぐに剥がれ、お国言葉に戻るのだ。そんなちぐはぐさが、変な愛嬌になっていた。

「実は、またも、かくなる仕儀とあいなってしまった」

袖をたくしあげた二の腕に『さぎり命』と下手な素人彫がしてある。

「ついこのあいだ、消してあげたばかりじゃねえですか」

一度彫った彫り物は、上から別の彫り物でもしなければ隠せるものではない。けれど、青治は特別な技術を心得ていて、ごく目立たないアザほどにごまかすことができた。

「おぬしの仕業を真似てみたのだが、どうにも上手くはゆかぬ」

「そりゃ、そうでしょうよ」

「おぬしに施してもらったものも、湯に入れば浮き出て見えるな」

「そいつも、道理です」

青治の隠し技とは、おしろいを使って元の彫り物を、上から埋めるのである。

この方法については、他の彫師も彼の師匠も「そんなのは理屈だけの絵空事だ」といったが、青治が試すと不思議と成功するのだ。

ただし、青治の得意技をもってしても、背中一面の竜王を消したり、咎人《とがびと》の証しである黒々としたイレズミを隠すことはできなかった。せいぜいが、愛人の名を刻んだ小さな素人彫をごまかすくらいだ。

そんな半端な特技なのだが、他の彫師の領分を侵さず、御定法に触れることもないから、かえって都合良くもある。

「福士さまは色白だから、湯に浸かって肌が赤くなれば、おしろいを彫り込んだ所が白く浮き出るんだ。——ところで、そのさぎりって女とは、もう切れたんで？」

「そっちゃ、もう、きれいさっぱりよ。左様な次第だはんで、早くおめえの仕事場さ行くべ」

出口である大門に向かいながら、気のゆるんだ福士はさっそくお国言葉が出る。面白がってもっと聞きたがる青治に、福士は「山出し扱いするな」と怒った。

「そりゃ、そうと、福士さま。一つ教えてもらいたいんだが」

ここでようやく、青治は本題を切り出した。

「お国元で、加納源垂って人をご存知ありませんかね」

「どこで、その名を聞いたのだ？」

白い顔に緊張が浮かぶ。

青治は、無邪気とも挑戦的とも見える視線を返した。

笑い上戸の福士は、にらめっこに負けて笑い出す。

「まあ、いいべ。どうせ、遠い国元の話だね」

大門を出て日本堤をそぞろ歩きながら、福士は話し出した。

「加納源垂は確かに津軽の藩士だった。あれは五年も前だったかな、同僚の妻に横恋慕したのだが――」

加納源垂は雪村某の妻女に邪恋を抱き、しきりと不義密通を迫るも、けんもほろろに拒絶された。気候が厳しい土地の女は、気が強い。加納が無理に関係を迫ると、雪村の妻女は短刀を抜いて斬りかかった。

「雪村の妻は一太刀で返り討ちに遭い、死んでしまった。この一件に下った御裁断は、女だてらに刃物業《わざ》を起こすなど、はしたない。加納も悪いが、雪村の妻もけしからん。——そんな具合でな。喧嘩両成敗ということで、加納源垂は謹慎処分となった」

「そいつは、ちょっと筋が通らねえ。罪もねえ女が、殺され損だ」

青治が口をはさむと、福士も白い顔を紅潮させる。

「んだ。一番に治まらねがったのは、むざむざ妻を殺された雪村さ。しかし、知ってのとおり、夫が妻の仇討ちをするのはかなわぬ」

武家には仇討ちが認められているが、それは目下の者が目上の無念を晴らす場合に限るのだ。夫が妻の仇を討つことなど、認められなかった。

「雪村は憤怒のあまり、切腹して果てた。これには、さすがに城下も騒然となってな、加納を責める声が高まったんだ。こうなってしまうと加納の立場もねえさ——。しかし、もう一人、追いつめられた者が居たんだ」

「雪村卯太郎ってお人ですかね。それは、切腹なすった方の弟御ですか」

「おめえ、なして、卯太郎のことまで知ってるんだ?」

福士は気味悪そうに青治を見てから「んだ、弟だよ」と答えた。

遠雷がそれに被さり、やけに恨めしく聞こえる。

「兄嫁が操を守ったがために斬られ、兄はそれを悼むあまりの憤死——。それで城下では一気に、弟の雪村卯太郎への同情が集まったわけだ。

卯太郎よ、無念だべ、加納が憎いべ、仇ば討ちたいべ、討ちたいに決まってる――ってな。そうした声が、とうとう殿さまの耳にまでとどいて、あれよあれよという間に仇討ちの届け出を出す仕儀となった。

そうなると、加納は津軽には居られねえ。普段から素行の悪い男だったが、とうとう城下の商人から百両の大金を押し借りして、国元ば出奔してしまったのよ」

「百両、ですかい」

青治は、涼しい目をくるくる回した。

「押し借りして出奔ってことは、返す気はねえってことか。悪い野郎だねえ。それで、卯太郎さんは？」

「殿が仇討ちを認めてしまったから、卯太郎もうかうかしてられねえべ。加納源垂ば追っかけてさ、国元を出たんだ。加納は以前に江戸詰だったこともあるから、江戸さ行ったべ……ということになって、卯太郎も江戸に来たはずだが」

どこに居るかわからないと、福士はかぶりを振った。

雪村卯太郎ならば、日本橋の剣術道場・六道館に居る。

そういいかけてから、青治は思い直して口をつぐみ、代わりに持参した画帖を見せた。深川の木場近くで死んでいた巨漢の絵だ。

まるで縁起の悪い絵が呼び寄せるがごとくに、雷の音が近くなる。

青治は、話をうながすように福士の顔を見た。

「この御仁を、知りませんかね」

「なんだ、こりゃ」

絵の趣味の悪さに思わず非難の声を上げた福士だが、「ん?」と目を凝らし、「んん?」と首を傾げる。

「これは、加納源垂だべな? 加納のヤツ、死んだのな?」

「おれが見たときは、カチンコチンに死んでなさったよ」

硬直した死体に突き刺さっていた刀が、六道館に居る若者のものであることを、今朝になって巴から聞いた。病人の腰には初手から、刀の鞘《さや》ばかりが差してあり、中身は空っぽだったのだ。

「天晴れ、卯太郎は仇討ちを成し遂げたか!」

「それがね、ちょっとばかり変てこなことになっていまして……」

青治が六道館に居る卯太郎のことを、どう説明しようかと思案したときである。

ガリガリという音とともに閃光が走った。

「——?」

突然のことだったので、青治も福士も、しばらくは身動きができなかった。

光とともに降った轟音が耳を聾《ろう》し、口をぱくぱくさせる福士の声が少しもわからない。

後ろにあった柿の木が、見たことのある形で裂けていて、青治は呆然とそれを眺めた。

「雷だ――雷ですよ、福士の旦那」

「お、おう――」

ヘソの辺りを手で押さえながら、福士は何度もうなずく。

その様子を眺めるうち、たった今走った閃光にも似た光が、青治の頭の中で閃《ひらめ》いた。

四

桃助は御用で、往来を走っていた。

逃げて行くのは、猿売り円吉だ。

逃してなるかと十手を振りかざせば、町の衆は道を開けてくれる。

富ケ岡八幡宮《とみおかはちまんぐう》の境内を西から東に駆け抜けて、永代寺門前東仲町《えいたいじもんぜんひがしなかちょう》を北にのぼり、永《なが》居橋《いばし》、亀久橋《かめひさばし》を渡ってから、木場をぐるりと回った格好でやがて江島橋《えしまばし》を駆け抜ける。

猿売り円吉は名の印象のとおり、すばしっこい。

見え隠れする後ろ姿からすれば、とうに中年を越した年齢のようだが、まるで疲れることのないカラクリ人形のように、走り続けている。

しかし、追いかける桃助とて、生きミイラなんて怪物に間違われていたことのある男だ。秩父の山でケモノ相手に駆けっこして、数年を過ごした。健脚ぶりでは、飛脚《ひきゃく》にだって負けぬ自信がある。

(逃がさねえぞ、猿売り円吉め)

結城屋長兵衛が騙《だま》されたという、粗末な細工の見ざる、聞かざる、言わざるの三猿のうち、もう一体の見ざるが見つかった。

不忍池《しのばずのいけ》のほとりに住むばあさんが、虎の子の五両と引き替えに、それを買ったのである。

売れば十両になるといわれて騙されたらしいが「売って十両になるものを、どうして、その男は五両で他人に譲るのだ?」という疑問は、ばあさんには慮外のことであったらしい。

ばあさんは同情もされたが、欲をかいて道理を見失ったと笑われた。

――あたしは馬鹿だ。あたしは馬鹿だよう。

聞き込みに行った桃助の前で、ばあさんは背中をまるめ、細い声でそう唱えていた。

桃助の胸には哀れの情がわいたが、近所の者たちの叱責にも共感する。

――そうだよ、ばあさん。もう少し、しっかりしなせえよ。

そんなことを考えてしまう自分が許せず、そもそも、そんなことを考えさせる元凶となった猿売り円吉が許せない。奮起して探し出し、この追いかけっこがはじまったというわけである。

木場の南端、水路沿いの土手を武家屋敷の方角に向かって追って行くと、やがて掘っ建て小屋をつなぎ合わせたような建物が見つかった。廃材でこしらえた長屋が前後へ左右へ上下へと、野放図に継ぎ足されたような代物だ。

（ああ、これが――）

泥棒宿だと、十郎親分から聞いたことがある。お駒《こま》という老いた祈禱師が、流れ者を泊めている宿だ。

要注意だとつぶやく桃助の胸に、鮮明な記憶が湧き起こる。

「あれ？」

この場所には、つい先だっても来た。加納源垂のなきがらが見つかった現場である。

落雷で倒れた松が目印になっていたのに、桃助は追跡に熱中するあまり、通り過ぎるまで失念していた。

(うっかり屋め)

そう自分を責めたのが、隙を生んだ。

追っていた猿売り円吉の姿が消えている。

はるか前方に立ち並ぶ武家屋敷の他、視界をさえぎるのは例の泥棒宿だけ。猿売り円吉がここに逃げ込んだのは、考えるまでもなく明らかなことだった。

桃助は健脚だから、走りながら考える。走りながら戸口を探し、見つけられずに迷った。

(どうなってるんだ?)

そう思ったとき、板壁だと思っていた場所が開き、白髪の老婆が現れる。

「あぁら、いらっしゃい」

黄みがかった白目が、ニタリとこちらを見上げた。

同じ「ばあさん」と呼ばれる人間でも、五両をだまし取られた不忍池のばあさんとは、似ても似つかない。こっちはまるで鬼婆を思わせる生命力が、目つき一つにもみなぎっている。

それで、桃助もつい強気が出て、十手をちらつかせて凄んだ。

「今、ここに猿売り円吉が逃げ込んだろ。隠し立てすると——」

「ああ、来たよ」

「へ？」

あまりにあっけなく認めるので、拍子抜けする。

そんな桃助を後目に、ばあさんは竿《さお》に干した洗い物を取り込み始めた。

「捕り物なら、勝手にお探し。どこでも、好きなところを見るがいいさ」

どうせ捕まえられやしない。どうせ中で迷ってしまうのだ。そう高をくくっているものか。建物に駆け込んだ桃助は、結局はばあさんの思惑どおりになった。

入り組んだまま袋小路になった土間で迷い、途中で切れて舞台の奈落のようになった階段から転げ落ちそうになり、しまいには天井の梁《はり》にしがみついて、そのついでに天井裏まで探した。だが、猿売り円吉は見つけられなかった。

極彩色で下手な絵を描いた屏風《びょうぶ》や、畳一枚きりの広さしかない部屋や、宙吊りになった部屋を見て目を白黒させている後ろから、ばあさんが笑いかける。

「ここって、面白いだろう」

「少しも面白くねえや。ここは、なんなんだ」

泥棒宿だよ、とばあさんはいって、こちらに来いと手招きする。桃助を長火鉢の前に座らせると、欠けた皿に饅頭を載せて差し出した。

「円吉は逃げ足が早い。生きミイラなんて呼ばれたおまえでも、一人では捕まえられるものか。けど、ここで落ち着いて待ってりゃ、いずれ戻ってくるさ」

「どうして、おいらが生きミイラと呼ばれてたことを知ってるんだ？」

かみつくように訊くくせに、饅頭は遠慮なく頬張った。

「美味い！」

食いかけをしげしげ見つめる桃助を見て、ばあさんは「松平《まつだいら》さまの御用商人から分けてもらって」といって、武家屋敷のある方角にあごをしゃくった。

「分けてもらって――とは、盗んだという意味じゃないだろうな」

念押しすると、ばあさんは笑ってごまかす。

「お駒には、何でもわかるのさ。どれ、占ってやろう」

いうなり桃助の手を引っ張った。

「このお駒の体には、奥州の巫女《みこ》の血が流れているんだよ。死者の魂を呼んで、その声を聞かせることもできる。――ほう、良い手相だ」

ばあさんは思いがけない怪力でこぶしを開かせ、桃助のてのひらを見た。鼻息が掛かるほど、顔を寄せてくるのが気味悪い。

「ば――ばあさん。勘弁してくれよ」

「ちいと、黙りやれ」

長い間、ばあさんは桃助のてのひらをにらんでいた。もしや、突然に卒中でも起こしたのではないかと心配になったとき、ずるそうな顔が上がる。

「おまえの恋敵は、近いうちに大変な目に遭うよ。瓢箪《ひょうたん》から駒で、おまえは意中の娘を手に入れる」

黄ばんだ白目が、見ようによっては黄金色に見える。そんな両眼でじっと桃助を見据えてから、お駒ばあさんは笑った。

「——かも知れぬよ」

「かも知れぬってな。ばあさん、あのなあ……」

恋敵という言葉で、すぐさま青治の顔が浮かんだ。幼いころから、兄弟よりも近しく育ってきた友だちである。

同じほど——いや、それより幾分か大きな思いを寄せる相手が、四つ年下の巴だ。巴が青治を一方的に慕っているのは、桃助ならずとも知っていることだが、桃助もまた巴への恋心を隠せずにいる。

青治が大変な目に遭い、おかげで巴の心が手に入る——かも知れぬ。

そう聞いて、ついつい躍ったおのれの気持ちを、桃助は責めた。

友だちの悪い将来を予言されて喜ぶなど、男の風上にも置けぬ。

うなだれる桃助の前で、お駒は平然と饅頭を食っている。

そのとぼけた顔つきを見ていると、思い詰めた気持ちが急にゆるんだ。

(あやうく、担がれるところだったぜ)

桃助は憤然と饅頭を口に詰めると、猿のように頬をふくらませて咀嚼《そしやく》する。

「ばあさん、占いができるなら、こないだの夜のことを占ってくんねえか。ほら、そこのねじくれた松が倒れた辺りでさ、侍の斬り合いがあったろう」

「ああ、あれかね。面白い見世物だったねえ」

お駒は饅頭をのどに詰まらせて咳き込み、湯冷ましを飲んで息をついた。

「見世物だって?」

「そうとも、お駒はあれを見ていたんだよ。だから、占うまでもないさ」

お駒が笑うと、歯の欠けた口の中が見えた。闇夜のように真っ黒である。

「あの夜も猿売り円吉が慌てて帰って来たよなあ。またぞろ、人を騙して追われてるのかな、騙されたヤツのマヌケ面でも見てやろう——なぁんて思って外を覗いてると、来た、来た、図体のデカイ侍と、ひょろひょろした若い侍がね。

これは雷さまより面白いと思って、お駒はわくわくしたよ。両方ともが刀を抜いて、さあ、一騎打ちだ。ひょろひょろ侍は、あっという間に血祭りだ——と思いきや、わからぬものだよね、ひょろひょろが、デカイ侍を一太刀でやっつけてしまった。強そうだったデカイ侍は倒れてそのまま、あっさりと成仏したんだよ。意外だったねえ、生きている体から魂が抜けるときには、もう少し抗うものだが」

「成仏？」

饅頭を食い終えた桃助は、きょとんと首を傾げた。

お駒ばあさんという人物は、十郎親分の言葉どおり、怪しいことこのうえない。しかし加納源垂と雪村卯太郎の一騎打ちの様子など、結果を知った上で聞くと、この話が口から出まかせだなどとはとても思えなかった。

(このばあさんが、おれを担いで得することもあるめえしな)

ならば祈禱師としての腕前はどうなのだろう。

あの大男——加納源垂が成仏してしまったのなら、魂が雪村卯太郎に憑依するのは、おかしいのではないか。

＊

巴は生来の世話好きなのだ。おせっかいともいえる。

そんな巴だから、六道館に担ぎ込まれた奇妙な病人が消えたことを、放っておけるはずがなかった。おのれを加納源垂といってきかない雪村卯太郎は、いまだ心も体も本復していないはずだ。

実際、あんなにも頼りない若者が、正気さえ戻らないうちに出て行ってしまうなど、巴ならずとも気にかかる。

例によって、何か突拍子もないことを企んでいるらしい青治も、この失踪には不機嫌になった。

——青さんがヘソ曲げるのは、困るわよ。

このヘソ曲がりをけなげに慕う巴の恋心にかけても、卯太郎のことを放ってはおけない。

青治に頼まれたのか、巴に同情したのか、目明かしの十郎親分が聞き込みをして、卯太郎の行方を教えてくれた。

——えええ！　そんな、馬鹿な。

十郎親分の報告を受けた巴が、高い声を上げてしまったのも無理からぬことだった。

雪村卯太郎は、加納源垂になったつもりのまま、故人の妻だった七尾の家に居候しているらしい。奇妙なことに、亭主を殺された七尾は、卯太郎に調子を合わせて、あたかも彼が加納源垂であるように扱っているという。

——おれも驚いたよ。あの青瓢箪が、母親ほども年の離れた年増を相手に、亭主づらして威張りくさっているんだから。ありゃ、両国の見世物より面白いね。

百聞は一見にしかずだ。

そう結ぶ十郎親分の言葉に、巴は世話も責任感もひとまず置いて、変なもの見たさでやって来たのである。

「ごめんくださいまし。六道館の巴です」

庭で取れた桜桃《さくらのみ》をみやげに訪れた先は、奇《く》しくも、つい今しがた、桃助が猿売り円吉を追って駆け抜けた永代寺門前東仲町だった。

七尾の住まいは、藤蔓がひょろひょろと物干しに絡んだ、小さな一軒家である。

この辺りは気っ風の良い辰巳《たつみ》芸者で有名な一角だが、粋な空気もここだけは沈殿したような、陰気な家だった。

「七尾よ、夕餉のみそ汁は味を濃くして、卵を一つ落としてくれ。たくあんは、もう見たくもないぞ。飯は柔らかめに頼む。——おい、七尾、玄関にだれぞが居るが、追い返せ。おれは今、誰にも会いたくないからな」

亭主関白を気取るのは、聞き覚えのある若い男の声だった。なるほど、十郎親分のいったのは本当のようだ。

相手が仇に憑かれた気の毒な男でも、助けたこちらに挨拶もなしに逃げたのは事実だ。あげく、甘ったれた調子で「卵入りのみそ汁だ、柔らかい飯だ」などというのも、癇《かん》に障った。

カッとした勢いのまま、巴は他人の住まいながら、ずかずかと上がり込む。

「そっちが会いたくなくても、こっちはそうはいかないのよ」

「うわあ！」

亭主の座に納まっていた若者は、うわずった悲鳴を上げた。

「来るな。――き、きさまは、はしたない女侍だな！」

弱々しい病人といえども、相手は武士である。手向かいする実力はなくても、現幻無限流免許皆伝である巴の実力を見切る目はある。立ち上がれぬまま後ずさるから、やせた腿《もも》の間からフンドシが見えた。

巴の不機嫌は決定的になる。

「なぁにが、はしたない女侍よ！」

怒った巴はみやげの桜桃を、節分の豆のごとく相手にぶつけた。

騒ぎを聞きつけた七尾が勝手口から駆けてくる。

「ちょっと、あんた。うちの亭主に何をするのさ！」

七尾は左手に卵を、右手に鍋ぶたを持って、巴をにらんでいた。

「うちの亭主？」

巴は投げようと持ち上げた桜桃を一粒、自分の口に入れる。

「どういうことなの、七尾さん。あの人、あんたの亭主の仇じゃないの――」

いいかけた巴の肘のあたりをつかむと、七尾は強引に引っ張った。

「ちょっと、来て」

「どこに行くのよ」

「いいから、ちょっと」

玄関から狭い前庭へと連れて行かれる。七尾は巴の持つ籠から、桜桃を一粒つまんだ。

「おいしいわね」

うっすら笑顔になって、もう一粒口に放り込む。

遠くで金魚売りの呼び声がした。垣根の向こうを、辰巳芸者らしい女が縞の着物で速足に歩き過ぎる。上空で風が鳴って、縞の袖がふわりと揺れた。

「仇、仇っていっていたら、いつまでたっても恨み合いは終わらないよ」

巴と同じく、芸者の後ろ姿を目で追っていた七尾は、さらりと正論をいった。

「だからって、七尾さん。亭主を討った男にその亭主の霊が取り憑いて、女房が何事もなかったように亭主の仇と暮らすというのは、いかがなものかしら？」

巴もごく常識的なことを問い、七尾は「まあねえ」と苦笑した。

「源垂は、あまりいい亭主じゃなかったわね。死んでくれて、ほっとしたというのが、正直なところよ。だから、あのにいさんには、ちいっと感謝してるくらいなんだわ」

七尾は狭い家を振り返った。

「あんた――お嬢さんは道場の皆にかわいがられて、近所の人に頼られて、幸せだからわからないだろうけどね。あたしだって、若い頃は一人して肩で風切って突っ張ってたものさ。だけど、この年になると、一人で居るのは心細くてたまらないんだよ」

「でも。それと、これ……というか、あれは別でしょ」

卯太郎が、玄関先まで来てこちらの話に聞き耳をたてている。

七尾は巴をつれて、垣根の外まで出た。

「あんた、巴先生といいましたっけ」

「はい」

「巴先生。あたしはね、源垂だろうが、卯太郎だろうが、どっちだっていいんですよ。一人で居るのが寂しいだけ。

卯太郎は酒も食らわず、乱暴もしない。甘えん坊だけど、そんなわがままなんか、はいはいと聞いてやるのもかわいいもんよ。つまり、源垂が憑いたんだか何だか知らないけど、あたしとしちゃ、あの人と居て悪いことないの。巴先生、あんただってそれで何か問題あるわけ？」

「あるわ」

巴はきっぱりと答える。

「どんな問題さ？」

「おさまりが、悪いわよ」

巴はいうと、桜桃を籠ごと七尾に渡す。

狭い前庭を横切り、こちらの様子を覗いていたらしい卯太郎の前にもどった。

卯太郎が急いで部屋の中に逃げるので、「まったく、もう」と、ぼやいて追いかける。

「卯太郎さん。いやさ、加納源垂さんとやら。ちょっと顔を貸してちょうだい。来てもらわなきゃいけない場所があるの」

「いやだ、行きたくない！」

卯太郎は、落ちくぼんだような目を見張って、いやいやと首を振った。腰を落として、てこでも動かないと頑張るところなど、六道館の子どもたちより始末が悪い。

「来ないってんなら、家主さんに頼んで大八車に乗っけてでも連れて行くんだから」

そういって、無理にも卯太郎の手を引っ張ったとき、思いがけないものが目に入った。

「んん？」

こまごまとした飾り物の置かれた茶簞笥《ちゃだんす》の上、ウリのようにのっぺりとした金色の固まりがあった。

見ようによっては金無垢に思えぬこともない、いい加減な細工の猿の像——猿売り円吉のインチキ三猿のうちの一体——言わざるである。

五

本所《ほんじょ》にある津軽藩上屋敷では、ちょっとした騒ぎが起こっていた。

桃助にともなわれ、雪村卯太郎が、訪れたのである。

兄夫婦の仇討ちを遂げた雪村卯太郎に、仇である加納源垂の霊が取り憑いてしまった。それを解決せねばならぬという仕儀は、青治と懇意の福士から津軽藩に報告されている。

「卯太郎……?」

日々繰り返される勤めの中で、これは退屈しのぎの椿事《ちんじ》として歓迎されたらしい。手の空いた者は、わいわいと集まって来た。

「おぬしら、何をたわけたことを申すか——」

故郷を出て五年目の初夏、卯太郎は北国の者らしく少しも陽に灼けず、しかし陽光にさらされた分だけ、若い頬にはしわができていた。いや、それより重大なのは、彼が討ち果たした仇・加納源垂が取り憑いていることだ。ひょろひょろとした体格に似合わない傲岸不遜な所作で、卯太郎は藩士たちをにらみ付けた。

「おれは左様なものではない。おれの名は、加納源垂。この顔を見忘れたか」

「見忘れたも何も、おぬしは、いずこから見ても卯太郎であろうが」

「いや、かくなるうえは、腕の良きイタコをば呼びて、憑き物を祓《はろ》うてもらわねばならぬ」

福士と同じで、津軽藩の侍たちはことさらに格式高い言葉を使った。そして、ふと気を抜いた拍子に「まいね、まいね」と江戸の者にはわからないことをいう。

「イタコが居ねえば、まいね（だめだ）」

イタコとは、おのれの身に死者の魂を乗り移らせて、その言葉を語らせる。奥州ではごく一般的な巫女のことだ。

「イタコが必要というなら、似たような者を連れて来ました」

雪村卯太郎に同行した桃助の後ろから、色白の福士が老婆を一同の前にいざなった。

木場の水路の岸、仇討ち本懐の場の近くで、泥棒宿を営んでいるお駒である。本業は祈禱師で巫女だというから、桃助が頼みこんで連れて来たのだ。

「なにが始まるのか」

「なんだば、なんだば」

「えーと、皆さま、ご静粛に。これより、卯太郎さんのお祓いを行いますんで――」

聞き慣れない言葉遣いの武士たちと、仇の魂に乗り移られた若侍、おまけに得体の知れない悪党巫女という取り合わせに、桃助は少なからず肝が縮んでいた。どうせなら、巴に任せたもう一方の仕事を受け持ちたかったのだが、お駒が桃助を気に入って是非にと同行を頼まれたのである。

「しからば、さっそく始めましょうぞ」

藩士たちに合わせて言葉遣いを改め、お駒は案外と愛嬌のある様子で、ちょこんと座敷に座った。間髪を入れず、しろうとの桃助の耳にさえ、でたらめに聞こえるお題目を唱え出す。藩士たちも眉につばを付けたいような顔を見交わしたとき、お駒は唐突に顔を上げた。

「皆、久しぶりだな」

野太い男の声で、お駒はそういった。

目つきは険しく、顔の筋肉が不自然な具合に引きつっている。おのれの姿を見てから、説明を求めるように桃助をにらんだ。

「これは、どういうことだ。おれの体はどうなったのだ」

人が変わっている。

そう気付いた桃助は、てのひらに冷たい汗が浮いた。

面白半分に集っていた藩士たちも、なりゆきがわかったらしい。ざわめきが生じる。

　そんな様子を横柄に眺め、お駒は胴間声を張り上げた。

「どうした、おまえら。加納源垂を見忘れたか」

　青治め——。

　桃助は、幼なじみを恨んだ。

　お祓いを頼んだのに、いざ死霊が降りたら、お駒は自制がきかなくなっている。

（本当に怖いじゃねえかよ）

　桃助がなかば逃げ腰で地団駄を踏んでいたときである。一同を押しのけて、雪村卯太郎が前に進み出た。

「加納源垂はおれだ。このばあさんは、何を寝ぼけているのだ」

「ばあさんだと？　おれがばあさんなら、おまえは弱っちい青瓢箪ではないか」

「二人とも、ちょっと待ってくれよ！」

　桃助は、気味が悪くてしょうがない。

　卯太郎の体内にも、まだ加納の霊が入っている。果たして死霊というものは二体に分かれたりするものなのか。

　そう戸惑ううちに、卯太郎とお駒はつかみ合いを始めた。

　桃助は慌てて間に割って入るが、二人は意外な力で桃助を投げ飛ばす。見た目の非力さに反して、こんな力でやり合っているなら、いよいよ止めに入らねば大変だ。

「皆さん。見ていないで、助けておくんなさいよ！」

周囲に向かって怒鳴ったときである。

藩士たちの後ろから、巴が顔を出した。

見れば、ナワを打った男を連れている。猿売り円吉だった。

「桃ちゃんたら、こんなすばしこい泥棒を追っかける役、わたしに押しつけないでよね」

「なにいってんだよ、だって青治が――」

おれからその仕事を取り上げた……というより早く、お駒が卯太郎をそっちのけにして、猿売り円吉に飛びかかった。

「この、このこの――ゆるさんぞ、この外道め、泥棒め！」

お駒は、卯太郎との取っ組み合い以上に殺気をみなぎらせて、猿売り円吉の胸倉《むなぐら》を締め上げる。老婆とは思えない腕力で、猿売り円吉の体が持ち上げられた。

「なななななんだよ――お駒ばあさん」

円吉は目を白黒させて、泥棒宿の女主人を見る。

「おれの金を返せ。百両きっちり、返せ、返せ」

お駒は小枝の様な指で男ののどを絞め、しかし、途中でピタリと動作を止めた。

老いた身が降霊術に耐えられなくなったのか、興奮の連続に体力が尽きたのか、お駒は目を開いたまま卒倒してしまう。

「…………」

今しがたまでお駒に叩かれていた卯太郎は、こちらも精根尽きた顔でへたり込んだ。

＊

「つまりさ――」

夜更けのソバ屋台の前で、青治は二人の幼なじみに加え、福士という色白の侍を相手に事件の絵解きをしていた。

惚れっぽいという評判の福士は、さっきからしきりと巴にお愛想をいい、桃助は気が気でない。巴の袖を引っ張ったり、二人の間に割って入ろうとしたり。それが子どものように落ち着きがないので、巴には頭から無視されてしまったり。

「こら、ちゃんと聞けよ、桃助」

「だって、おいら――だって」

桃助は青治をにらみ、福士をにらんでから、意地になったように巴の隣に割り込んで座った。結城屋の次郎まで寝床から抜け出して来て、大人たちの間で分別顔をしている。少し離れた場所には、お供の手代がかしこまって立っていた。表店の隠居がしまい忘れた床几は、千客万来のありさまだ。

――おい、ぎゅうぎゅうだべな。

――それなら福士の旦那は、あちらの床几にお座んなさいよ。

――おめえが、あっちさ座んなが。

――こら、押すなよ、おじさんたち。ソバがこぼれるじゃねえか。

いさかう男たちをよそに、巴はソバをすすりながら「なぁるほど」とうなずいた。

「七尾さんの家にあった言わざるの猿は、加納源垂が猿売り円吉にだまされて買ったもの。国元の商人から押し借りした百両を、源垂は猿売り円吉にだまし取られちゃっていたのね。――つまり、加納源垂の仇は、猿売り円吉だったわけ」

「円吉め、とんでもないヤツだ」

父親を騙した悪党を、次郎は高い声でののしる。

「故郷で卯太郎さんの仇となった源垂は、江戸に来て自分も仇を持つ身となったのね。因果応報というか、ややこしいというか」

「そうだな」

了解顔の巴に、青治はうなずいてみせる。

「文無しになった加納は、長唄の師匠をしている七尾のヒモとなり、ただメシを食らって過ごしていた。加納がしていたことといったら、仇――つまり、猿売り円吉を捜すことだけ。七尾にしてみりゃ、ろくでなしの亭主だったわけさ」

ところが、あの嵐の夜、加納はひょんなことから、その仇を見つけた。

七尾の家で雨戸を閉めようと外をのぞいたとき、ひどい雨の中、泥棒宿に急ぐ猿売り円吉を目撃したのである。

「ここで会ったが百年目」

芝居じみた口調でいう次郎に合わせて、桃助と福士が拍子木を真似て「チョン!」とつぶやく。

「加納は猿売り円吉を追いかけて、夜の雨の中に飛び出して行った。あの雨の中だ、円吉が加納に気付いていたかはわからないが、元より速《はえ》ぇ脚でねぐらである泥棒宿へと、まっしぐらに駆けて行った。そこに、もう一人加わったのが、卯太郎さんだ」

「実はな、江戸さ来て、卯太郎はすぐに加納源垂ば見つけていたんだそうだ。どこに住んでいるのかも、七尾という女房のことも、ずっと前から全部わかっていたんだとさ」

「ええ、そうだったんですか?」

巴が甲高い声を出し、青治と桃助ももの問いたげに福士の顔を見つめた。

「んだのさ」

福士はつるつるとソバをすする。

「しかし、卯太郎は弱虫だし、加納は暴れ者だ。どうしたって、返り討ちに遭ってしまう。そう思って、二の足を踏み続けて五年間、加納の後ば追ってひたすら見張ってきた。

もちろん、自分でもふがいないことだと思ってたべさ。早く本懐を遂げねばと焦ってもいたそうだ。それで、あの嵐の夜にとうとう決心したんだと——この風雨に紛れれば、ひょっとしたら勝機もあるかも知れねえって。

だからあの夜、加納は猿売り円吉ば追っかける、卯太郎は加納ば追っかける。それで三人が深川の木場をぐるっと回って、泥棒宿を目の前にして——」

「加納は、とうとう猿売り円吉に追いついた。覚悟しろと太刀を抜いた、まさにそのとき、卯太郎さんもまた仇に追いついた。『憎っくき加納源垂め、兄夫婦の仇、覚悟しろ！』——かくして、卯太郎さんは見事に仇を討ち果たしたのでした」

福士と桃助が調子を合わせて語りをつないだのだが、青治は首をくいっと傾げて「そいつが、ちょっと違うんだ」といった。

煙管を床几の脚にぶつけて灰を落とすと、伸びかけたソバの丼を持つ。

「冷めてる」

「早く食べないからいけないのよ」

巴に叱られ、青治は首をすくめた。

「猿売り円吉を追いつめて加納はだんびらを抜いた……までは合ってるが、そン時、加納の刀に雷さまが落っこちたんだよ。正確には、すぐ後ろにあった松の木めがけてピカッときて、それが加納の刀に飛び移った。加納はちょうど、卯太郎さんに呼び止められたところだった。返り討ちにしてやろうという殺気で、物凄い顔をしたまま、雷さまに打たれて死んじまったのさ。当人も、何が起こったのか、きっとわからなかったはずだぜ。

その刹那、加納に追いついた卯太郎さんが、太刀を抜いて突進した。加納を殺した雷の勢いが残ってて、卯太郎さんをふっ飛ばしたんだろう。仇討ちを果たして喜んだのと、雷に吹っ飛ばされたのとで、そうとう混乱しなすったろうね。そっから先は、知ってのとおりだ」

仇を討ち果たした喜びと、落雷のあおりをくらって、卯太郎は動転したまま走り出す。

ひたすら駆けて、日本橋まで来て昏倒した。近所の者が当然のように彼を六道館に運び込み、目覚めたときには卯太郎ではなく加納源垂になっていたのである。

「でも、どうしてなの？　津軽さまのお屋敷でお駒さんが口寄せ（降霊術）をしたとき、ちゃんと別に源垂は降りて来たわよね」

「卯太郎さ、加納は取り憑いてねえ。あいつ本当は、源垂の真似っこしてたんだとや」

丼を空にした福士が「味がうすい」とつぶやいてから、一同を見渡した。

「真似？」

意味が呑み込めず、あるいは呆れた顔で、三人はそろって問う。

あの雷雨の夜、猿売り円吉のおかげで、源垂には隙が生じていた。

そして結果的には卯太郎の刃を待つまでもなく、落雷で死んだ。

一連の出来事があまりになめらかにつながったため、卯太郎が仇討ちを成し遂げたと思ったのも無理からぬことだった。

「卯太郎は、おれさ打ち明けたよ」

現在、雪村卯太郎は、津軽藩下屋敷で静養している。兄夫婦の仇討ちを成し遂げたということで、同胞たちからは喝采を受けているようだ。

——いざ仇討ちをしてしまったら、急に空しくなったのです。

——わたしは五年も、加納源垂を追っかけて、あの男のことなら一から十まで知っていた。あやつの性癖から動作や暮らしぶり、考え方まで、わたしは知り尽くしていました。もはや、どこからが自分で、どこからが源垂なのか区別が付かぬほど、わたしは源垂という男を研究し尽くしていました。

——もちろん、すべては仇討ちのためです。あやつの隙を見つけるため……そう自分にいい聞かせて二の足を踏み続けた分、骨のずいまで加納源垂という男を研究したのです。

――だから……。

「だから、本当に源垂が死んでしまったとき、卯太郎さんの中に何かが起こったとか？」

青治は、確認するように福士を見た。

「ああ。卯太郎のヤツ、最初は錯乱して、本当に自分がだれだかわからなくなっていたそうだ。しかし、ほどなく正気にはもどったらしい。けど、助けてもらった六道館には、かわいい女師範と小さい童子《わらし》たちがワヤワヤしている。そんな女や子どもの前で、いまさら大の男が『動転して別人の真似してしまったんです』なんて、恥ずかしくていいえなかったんだとさ」

卯太郎はたまらなくなって六道館から逐電したが、行った先が七尾の家というのが、ふるっている。

加納源垂は第二の自分だ。

破れかぶれで、源垂の霊が取り憑いたフリを続けると、七尾は調子を合わせてくれた。

――源垂になりきって、七尾と居たあの数日が、不思議と幸せでした。

唯一の身内だった兄夫婦も居ない今、寒くて遠い故郷に戻って、窮屈な勤めをするのも億劫だ。そんな本心をこぼす卯太郎の言葉には、故郷なまりは少しも残っていなかった。

「卯太郎は、故郷と刀ば捨てて江戸に残るそうだよ。あの七尾と所帯を持つんだとや」

「えええー！」

巴や桃助のみならず、おませの次郎、なにごとにも無感動な青治までが、声を裏返らせる。

一同をびっくりさせて気を良くしたらしい、福士はソバのおかわりを求めて、屋台に駆けて行った。

第五話　蝶の影

一

六畳一間きりの小さな家に、初冬の入り日が射す。

障子越し、橙《だいだい》色の日差しが男の背中に降った。

背中には、火焔《かえん》をまとって剣を呑む倶利迦羅《くりから》竜王が彫り込まれてあった。

いまだ輪郭ばかりの筋彫だが、彩色をする前に、西日の橙色が彫り物に生命を吹き込んでみせる。

「火消しが火ィぼうぼうの彫り物をしてどうするのよって、なじみの女が笑ってさ」

背中を見せる男は、小指を立てて人なつこくいった。

彼は臥煙《がえん》なんぞと呼ばれる不良な火消しだが、無口な彫師にくらべたら、しごく親切な愛嬌者だった。彫師が退屈しないように、おのれの背中の痛みが紛れるように、さっきからせっせと一人で無駄口を叩いている。

「お、お、お？　聞こえるかい？」

遠くを走る町飛脚の鈴の音に、臥煙は子どものように聞き耳を立てた。

「チリンチリンの飛脚が走ってやがる。おいらに色っぽい文でも持って来てくんねぇかな」

「…………」

彫師の青治は、相変わらず黙ったきり、竜王の足の爪を描き入れた。

うろこの一枚一枚が、西日に映えて美しい。

青治の横顔にも同様に橙色の光が降っていたが、その顔はどう見ても青ざめていた。

臥煙の背中――倶利迦羅竜王の上に、蝶の影が群れをなして舞っているのだ。

しかし、部屋には蝶など、一頭も飛んでいない。

この影は、青治に取り憑いた魑魅魍魎《ちみもうりよう》のたぐいだった。

夜ふけなど、彼が一人になると現れては、辺り一面を飛び回る。何を祟るというのでもないが、青治が初めて江戸に入った七歳のころから、「生涯離れぬ」といわんばかりに付きまとってきた。

（こいつは、どういう風の吹き回しだ）

いつもならば、この幽霊は、一人で居る夜にしか出ないのに。どうして今日はお天道さまのあるうちから、客の背中の上にまで降りてくるのか。

（まったく、剣呑だぜ）

剣を呑む竜王の図におのれの胸の内が重なって、青治は不機嫌に笑った。

笑顔は、ただのしかめっつらになる。

「六道館の巴先生が、風邪を引きなさったってね。火消しの仲間がさ、同じ風邪なら別嬪の風邪に罹《かか》りてえとか変なこといって、六道館に巴先生を訪ねて行ったんだよ。巴先生、おいらのツラの真ン前で、ひとつ大きなくしゃみをしてくだせえ——ってね。

トンチキだろう？　なあ、トンチキだろう。やっこさん、巴先生にペシャリとおでこを叩かれて、嬉しがって帰って来やがった。巴先生には意中の相手が居るから、やめときなっていうのに、野郎め、聞きやがらねえんだ」

そこでいったん言葉を切って、臥煙は少しだけ真面目な声になる。

「巴先生が惚れた相手ってのは、おまえなんだろう？　え、青治よ」

チリン、チリンと鳴る町飛脚の鈴の音が、青治の家の前でとまった。

狭い土間をへだて、戸口を叩く音がする。

「待ってな」

臥煙にいったのか、飛脚に声を掛けたのか。

ただ、ぼそりといって、青治は立ち上がった。

表の引き戸を開けると、飛脚が立っていた。この飛脚もまた愛想がいい、活きもいい。息を弾ませにっこり笑って、余計なことまでいってくる。

「彫師の青治さんだね。京からの文だよ。なんの用だろうね？」

「京から？」

役者のような顔に険が差した。自覚せぬが、刃物じみた迫力が生じる。飛脚は笑顔をひきつらせて尻込みした。

「じゃあ、青治さん。しっかと渡したぜ」

「ありがとうよ」

礼の言葉も茫然と、青治は受け取った手紙を開けてみた。

――千早《ちはや》さん、ようよう見つけました。じきに、参ります。

それだけが記されていた。

読んだとたん、血の気が引く。

「どうしたんでえ」

気の良い臥煙が、心配して出てきた。

青治は文を握りつぶし、もう一方の手を臥煙の鼻先にぐいっと差し出した。

「今日は終《しめ》えだ。代金《おあし》を置いて、帰ってくれ」

「お……おう」

少なからず不躾《ぶしつけ》ないいぐさを怒りもせず、気の良い臥煙はあっさりと一分銀を置いて、着物を羽織った。

「次は、いつ来たらいい」

「そいつは、わからねえ」

戸惑う臥煙より先に、青治は受け取ったばかりの一分銀を持って、家を出てしまった。

＊

風邪引きの巴は、青治の六畳間にたたずんでいた。

六畳一間に土間と台所。

悲しいほど狭い家には、誰も居なかった。

霜柱の立つ季節だというのに、火鉢には火の気もない。

ところどころけばだった古い畳に、蝶の影がいくつも舞っていた。しかし、部屋に蝶が飛んでいるわけでもないのだ。だいいち、こんなにも寒いのだから、蝶などは人から隠れた場所で、落ち葉みたいに死んでしまったろう。

「青さん。青さん。この部屋、変な蝶々が居るんだけど」

巴の小さい足元にも、糊の利いた白い寝間着にも、黒い蝶の影が躍っては消える。むしょうに恐ろしく、そして心細い。蝶の影の舞うさまは、不気味で物悲しい。

(青さんは、もうここには戻って来ないかも知れない)

不意にそんな予感がして、巴は胸が締め付けられたように苦しくなった。

押入れを開け、水甕をのぞき、庭先に出てから、またがらんどうの家の中に戻る。そこには音もにおいもない、人が住んでいた気配すら残っていなかった。

「青さん。青さぁん」

自分の寝言で目が覚めた。

巴が居るのは、六道館道場の裏手にある私室だ。

彼女はたった今まで見ていたのが、ただの夢だったことに気付く。

窓から入る月明かりが、蝶に似た影を夜着の上に映し、思わずぞっとした。

しかし、よく見れば、それは巴自身のてのひらの影法師だった。

「汗、かいちゃった」

おかげで大方、熱は引いたらしい。

盛大なくしゃみを続けざまにして、浅草紙《あさくさがみ》ではなをかむと、巴はまた夜着にもぐりこんだ。

*

「よいしょ、よいしょ、よいしょ」

十手持ちの桃助は、おのれの二倍ほども体格の良い男を背負って、往来を進んでいた。

「にいさん、すまねえ。すまねえなあ」

「なに、どうってこたぁねえや。よいしょ、よいしょ、よいしょ」

原宿村《はらじゆく》から大根を売りに来た男が、運んできた大根に蹴っつまずいて足をくじいてしまった。難渋しているところに通りかかった桃助が、持ち前の軽口で要領良く大根の山を売りさばいてしまい、いざ、この巨漢を医者に運ぼうという段なのである。

――一口食えば風邪知らず、一日三食食らったら寿命が延びる。蹴っつまずいても足より強い、実のしっかりした大根でござい。

即興の口上にすっかり感心した男は、桃助に背負われて歌うように繰り返していた。

一方の桃助は、頼りがいのあるお兄《あに》ぃさんを気取ったものの、男の目方にふうふういっている。われ知らず視線が下を向き、目の前には蝶々の影のようなものまで舞い始めた。

（こいつは、いけねえ。背中の客があんまり重たくて、幻まで見え始めたぜ）

「もう大丈夫だ。このすぐ近所に、腕の良い医者が居るからな」

青息吐息で目を上げたら、幼なじみの青治の住まいに人だかりがしていた。

引っ越しのようだ。

（青治が家移りするなんて、聞いてねえぞ）

その場に、青治の姿はない。

六畳一間の狭い家に、火鉢や鍋釜、壺やら行灯、掛け軸やら鎧甲冑《よろいかっちゅう》やら、どこか野暮ったいほど大げさな細工を施した道具類が、つぎつぎと運び込まれている。

引っ越しの采配を振るっているのは、六十絡みの男だった。

坊主頭に頭巾をかぶり、丈の長い羽織をぞろりと着ている姿は、粋人のようでもあるが、胡乱《うろん》な人物と見えなくもない。寒そうに隠した手をときおりふところから出して、火鉢を右に置けやら、屏風を奥へ運べやらと指図をしていた。

かたわらに居る女は、親子ほども年が離れているように見えるが、男の女房だろう。

こちらは亭主とちがって、縞の着物をこざっぱりと着こなしていた。ちろちろと坊主頭の亭主を見上げたり、野次馬根性で手を貸しに来た近所の者たちに笑顔を振りまいている。

「ちょ、ちょ、ちょっと、ごめんよ」

慌てた桃助は、大根売りの男を軒先の床几にあずけると、幼なじみの家に上がりこもうとする夫婦連れの袖をとらえた。

「おまえさん方、ここに越して来なすったのかい？　ここに住んでた彫師は、どうなっちまったんだい？」

「彫師？」

坊主頭の男は、やせた体軀をさも寒い様子で両手できゅっと抱いた。

「ここはよく店子の変わる家だと聞いてましたが、前の住人は彫師でしたか。これまた面白いところに越して来たものだな」

「前の住人て、あんた――」

鷹揚なたちの桃助も、幼なじみを過去の遺物みたいにいわれるのには引っかかった。

「ここに住んでいた青治は、いったいどこへ行っちまったんだい」

「ほう、その彫師は、青治というのかね」

坊主頭の男は、にんまりと笑った。ひたいに二本、深く寄ったしわが眉毛を持ち上げ、黄色い白目がぎょろぎょろ動いた。

「わしは俳諧《はいかい》師の水簾《すいれん》と申します。こちらは、女房のお鈴《すず》」

男は連れ合いの方を目で示す。

「おいらは、長谷川町の十郎親分の手下で、桃助というんだ」

「ほう。それなら、人探しはおまえさまの専門でしょう」

桃助が帯にはさんだ小振りな十手を指して、男はいった。

荷運びの連中も、まるで示し合わせたかのように手を止めて、いっせいにこちらを振り返る。

「ち――違えねえ」

普段なら、十手に気付いてもらうのは何より嬉しいのだが、今日ばかりは刃物でも突きつけられたかのような緊張にとらわれた。

(この親爺は初めて見るけど、荷運びの若い男たちは、どこかで顔を合わせた気がするなあ)

そのどこかとは、賭場とか矢場とか、あまり良くない場所だったように思う。ともあれ、引っ越しなんて罪状がこの世にあるでなし、桃助は落ち着かない気持ちを抱えながら、その場を離れた。

「すまねえ、お待たせしたね。医者の家はすぐそこだから、もう少しの辛抱だよ」

床几に残して来た大根売りの男を背負って、再び歩き出す。

「にいさん。あの人は、よっぽど剣呑な人なのかい？」

「どうして、そんなことを訊くんだい」

「だって、にいさんの背中が震えているからさ」

「そんなこと――」

あるもんかい、という言葉を桃助は呑み込んだ。

地面を舞う影ばかりの蝶は、数が増えている。

あの新参者の笑顔が、なべ底の焦げ目のように、桃助のまぶたに貼りついていた。

二

青治が消えたおかげで、危うい目にあったのは家主だった。

六道館の一人娘にして師範代・巴は、その可憐な外見からは想像もつかない凶暴さで、家主を追いかけ回した。

「たった一日か二日、家を空けただけで新しい人を住まわせちゃうなんて、どんな料簡《りょうけん》なのよ！　青さんはいったいどこへ行ってしまったの」

「どこへ行ったかは知らないけど、もう帰らないとはっきりいったんだよ」

追って来る巴を何度も振り返り、家主は命からがら逃げ回る。

「大家といったら、親も同じというでしょう。帰らないといわれて、何もいわずに見送る親がどこにいますか」

「こら、やめろ、やめろ、巴ちゃん」

桃助が割って入った。足をくじいた大男を、医者に診せた帰りである。ここでまた怪我人なんか出たら、面白くない。桃助はくるくる走り回る巴よりももっとすばしっこく、その後ろから羽交い絞めにした。

家主に向かって「逃げろ」と目で合図をすると、桃助は気持ちのおさまらない巴に「どう、どう」と馬に掛けるようなことをいって、草履で思い切り足を踏まれる。

「痛えよぉ」

「痛い目にあいたくなかったら、早く青さんを見つけてきて」

「巴ちゃんは、ときたま山賊の頭目みたいなことをいうんだから」

「青さんのためならば、山賊の頭目にでも、海賊の頭目にでもなるわよ」

「そこまで、はっきりいうなよな……」

巴が青治を想うのと同じほど、巴を想っている桃助には、足を踏まれるよりも巴の一途さが胸に痛い。

「まあ、来なよ」

巴の手をしっかりつかまえて、六道館の裏庭に向かった。

「放してよ、桃ちゃん」

「おまえが乱暴者だから、放しておけない」

剣術の稽古で鍛えているはずなのに、巴の手は小さくて柔らかい。そんな柔らかい手を握っていると、少し前に祈禱師のばあさんにいわれた占いのことが思い出された。

——おまえの恋敵は、近いうちに大変な目に遭うよ。

しかし、その恋敵は幼なじみなのだ。

それに、たとえ恋敵が姿を消したところで、巴の気持ちがこちらに向くことはない。桃助はあらためて、そう思い知らされたような気がする。

「ここから、青治の家が見えるだろう」

六道館の築山《つきやま》は、庭の飾りにしては高すぎる。ここで世話をしている孤児たちが、遊び場にするため土を盛ったものか、あるいは青治の家をのぞこうと巴が細工をしたのか。

今は別人が住みついてしまった家には、さっそく客人が訪ねて来ている様子だった。

「亭主は水廉という俳諧師で、女房の名前はお鈴さんてんだってさ」

当人から聞いたことを教えてやると、巴はぷっくりむくれた顔で俳諧師の新居をにらんだ。六十年配の水廉が、お鈴と二人で客を迎えているのが見える。

「あの夫婦、年が離れすぎてるわよ。ぜったい、怪しい」

「年の離れた夫婦なんて、世間にはいくらも居るだろうが」

どんなに怒った顔も、ただかわいらしく見えるのは惚れた弱みだ。

「青治は居なくなる直前まで、客の背中に倶利迦羅竜王を彫っていたそうだ。客は皆《みな》川町《がわちょう》の利助《りすけ》って火消し――ちょっと擦れっ枯らした臥煙のお兄ぃさんだ。その臥煙の利助がいうには、青治のところに文が届いたってんだな。町飛脚が来て、青治はそれを見て顔色を変えたそうだ」

「わざわざ飛脚を使うなんて、大袈裟だわね。いったい、どんな手紙だったのかしら」

「それがわかればな――。おや？」

ため息をつく桃助は、俳諧師宅の客人を見て、意外そうな声を上げた。でっぷりとした赤ら顔の中年男である。離れたこの築山の上からも、その顔色の良さと身なりの上等さが見て取れた。

「あれは杵屋《きね》の主人じゃないか」

「杵屋って、下谷《したや》にあるお菓子屋の杵屋さん？」

「ああ。江戸では新参者だが、幕府御用達を目指してるって話だぜ。俳諧師のところに通うくらいだ、大物らしい酒脱さでも身に付けようってのかも知れないな」

分別顔でいう桃助の隣で、巴は元のふくれっつらに戻っている。

「水廉さんも、こちらに来た早々、お弟子さんが来てよろしいこと」

「それも、そうだな」

「あの夫婦、どうして青さんの家に越して来たのかしら。まるで狙い定めて、青さんを追い出したみたいじゃないの。青さんが受け取ったっていう手紙のことが知りたいわ」

俳諧師の新居に居た杵屋が、巴の声が聞こえたかのように、こちらに顔を向ける。

巴と桃助はそろって口に手を当てると、こそこそと築山を降りた。

＊

弁柄《べんがら》の赤黒い壁に、行灯の明かりがおどろおどろしく揺れる。

本所一つ目にある地極屋《じごくや》は、女郎の初々しさが売りなどといいながら、妓楼の内装が物凄かった。

金泥《きんでい》の地に枕絵を貼り散らした屏風を立て、真紅の布団に金色の枕。

三味線や唄の代わりに、女たちは客の好みに合わせた悲しい身の上を作って聞かせる。

寝屋は地獄、女は地極。

地極とはつまり、地女（素人女）の極上という意味だ。

地極屋の女たちは髪も化粧も立ち居振る舞いも、まるでおぼこなフリをする。おぼこなフリをした玄人女と遊んで、花代は一両一分。存外に高い。

しかし、吉原のような格の高い妓楼で遊ぶより、よっぽど安上がりだし、手っ取り早かった。こちらが客だというのに、無粋だの野暮だの気障《きざ》だのと値踏みされる心配もない。なにより、女が素人くさくて初々しいのがたまらないのだ。

そんな助平たちを集めて、その夜も地極屋は繁盛していた。

おツギは四十歳になる古参で、店の連中からはそろそろ夜鷹《よたか》にでも転向しろなどと、無礼な口を利かれている。

「いやー、やめてー。かんにんしてー、旦那さーん」

床の中でなら十歳は割り引いて見える技術を駆使して、おツギはぎこちない姿態《したい》で年配の客の相手をしていた。

素人女というのは、好いた男に挑まれたときには十中八九「いや、やめて」というそうだ。むかし、おツギより十歳上の、古株女郎がそういっていた。

(地女は、やめて、やめても好きのうち)

唱えてみたら、俳諧みたいな調子になった。

そういえば、このじいさんは俳諧師だといっていたが、おだてて披露させた句ときたら、おツギのスッとぼけた文句よりなおひどかった。

――岡場所や　行灯ともし　いくさかな
――東海道　どこより賑やか　江戸の町
けれど、妓楼での振る舞いはなかなか堂に入っている。顔をみれば確かにじいさんだが、着物を脱ぐと十分な筋肉が付いていて、まるで若い男みたいだった。

「いや、やめて」

おツギがなかば本気で、そんなよがり声を上げたときである。

彼女を組み伏していたじいさんが、不意に倒れてきた。

こんなことをしているんだから鼓動が早いのは当然だが、それにしてもじいさんの心臓の動きは貧乏ゆすりほども早くなっている。

「ちょっと、旦那さん？　大丈夫かい？　もういっちゃったのかい？」

不審に思ったおツギがそう声を掛けたとき、老俳諧師はビシリと起き上がったかと思うと、再び落下してきた。

それは確かに、落下といえるようなものだった。

年のせいで肉付がよくなってしまったおツギの腹が、じいさんの上体を受け止めて波打った。

顔と顔、腹と腹、胸と胸とが密着する。

じいさんの心臓が、今は少しも動いていないことに、おツギは戦慄した。

屏風に貼られた枕絵にはどれも、死人のような無表情さで交わる男女が描かれている。

おツギの体の真ん中でつながっている相手もまた、それと同じ顔をしていた。

「いやー！　やめてー！」

おツギの絶叫が、決して狭くはない地極屋の隅々にまで響き渡った。

＊

俳諧師の水廉が、本所の地極屋という妓楼でぽっくりと死んでしまった。

「若い女房と仲が良さそうだったのに、岡場所で腹上死かよ」

桃助が耳打ちしてくる。

「そうよね」

巴は水廉の白い経帷子《きょうかたびら》の襟を整えてやって、桃助に向かってうなずいた。

「いいわよ」

「それじゃあ、どっこいせっと」

近所の豆腐屋と下駄屋と桃助の三人で、死者のこわばった体を棺桶《かんおけ》に納めた。つるりと剃った頭が紫色になって、どうにも気味が悪い。変な死に方をしたせいなのか、顔がひん曲がって整えるのが大変だった。結局は、床での絶頂の顔のまま、棺に入れることになった。男三人と巴は顔を見合わせて、この死者に呆れるべきなのか同情するべきなのか迷った。

弔いには町内の者たちが顔をそろえたが、俳諧の弟子だという人は一人も来なかった。以前に訪ねて来ていた杵屋の主人も、弔いが済んでもついに顔を出すことはなかった。

それでも六畳間一つきりの家である。二、三人も集まれば満杯になる。

残されたお鈴が涙の一つもこぼさなかったのも、やはり亭主の死因のせいか。

「この家は前には若い彫師が住んでいたそうですが、その人は、今はどうしていなさるでしょうか」

葬儀の間中、お鈴はそんなことばかり気にしていた。

(それは、こっちが聞きたいことだわ)

巴は線香を上げた後、改めて会葬者の顔を見渡す。寿命で死んだわけではないのに、葬儀が悲しくないのは、腹上死なんていう死因のせいだ。近所の世話好きたちも、それを口に出すと、深刻ぶるのがおかしくなって、ついつい口元がゆるんでしまうようである。

(本当に誰も悲しんでいないのね。なんて寂しいお葬式かしら)

青治を追い出した憎いヤツとばかり思っていた水廉だったが、巴はだんだん気の毒になってきた。急な引っ越しでも、水廉たちは青治が出て行った後に入って来たのだから、巴が恨むのも筋が違う。

（憎たらしいなんて思って、なんだか気の毒しちゃったわ）

和尚の読経が済むと、野辺送りである。会葬者は近所からお義理で集まった者ばかりだ。墓地まで付いて行く者もあり、いそいそ帰宅する者もある。巴は留守番を買って出て、一人居残った。

六畳一間に土間と台所だけ。

（ここ、青さんのうちなんだけど——）

元々、布団と貧乏徳利と火鉢、刺青の道具の他はなにもない家だった。そこに箪笥やら屏風やら鍋釜やら家財道具がきっちり入り込んでしまって、以前の面影などどこにもない。青治が壁に描いた猫の落書きすら、箪笥の陰に隠れていた。おまけに今日はお弔いだから、この家でついぞ嗅いだことのなかった線香のかおりが、畳の目にまで染み込んでしまったかのようだ。

にゃあ。

太った三毛猫が窓がまちまで来て、挨拶するように鳴いた。

「三毛坊や。おまえ、青さんがどこに行ったのか知らない？」

にゃあ。

知るもんか。

青治と性格のよく似た猫は、そう答えたような気がした。その証拠にプイッと尻を見せると、尻尾を立てて長屋の方に行ってしまう。

「ああ、もう、青さぁん」

一人、駄々っ子のように袖を振り回してから、巴は長い長いため息をついた。恋煩いで寝込む身分でもなしと思い直して、会葬者に飲み物をふるまった茶碗を集めて洗い始める。

ひととおりの片付けが終わると、よけい寂しさが増した。仕方なしに、部屋の掃除なんか始めてみる。はたきで部屋中の埃を落とし、箒でザッザッと調子良く音を立てて畳を掃いた。元々きれいに掃除されていたので、ちりの一つも集まらなかった。

「巴先生には、すっかりお世話になっちまいまして」

急に声がして、巴は驚いた。

ぐずぐずしているうちに、ずいぶんと時間が過ぎたらしい。埋葬を済ませて、お鈴がもどって来たのだ。

「町内の人たちは？」

尋ねると、お鈴は遠くを一渡り眺めるようなしぐさをしてみせる。

「皆さん、お戻りになりましたよ。桃助さんは自身番に」

「それじゃあ、わたしもおいとましなくっちゃ」

「そんなに急がずとも、お茶の一杯くらい飲んでいってくださいな。――聞けば、この家には巴先生の好いたお方が住んでいたとか」

「好いただなんて、いえ、そんな」

照れて前垂れを揉みしだいていると、お鈴はかたわらに立って水甕から土瓶に水をくむ。それを火鉢にかけて「ふう」と息をついた。

奇妙なことに、お鈴の切れ長の流し目は、青治の無愛想な横目に似ていた。気付くともなく、そんな印象を受けたものだから、帰って来た青治と居るような錯覚をおぼえる。

「どんな人でしたかしら、巴先生の好いた殿方ってのは」

「殿方ってほどの偉いものでもないんですけど」

青治のことを話すのは楽しかった。それが、ついさっきまで仇と思い込んでいた、この家の入居人が相手でもだ。話していると、自分がいかにも青治と近しい間柄だったような気がしてくる。

「青さんったら、めったに笑わないし、捕り物の手伝いをしては変な横槍を入れて。まあ、それで事件は解決しちゃうんですけどね」

「捕り物の手伝いなどしていたの？」

「ええ。桃ちゃんが十手持ちだから、ついつい、青さんやわたしがくちばしをはさんで。おかげで池にはまったり、お化けが見えたり」

三人で詮議してきた事件の数々を思い出し、巴はくすくす笑った。笑ったそばから、なんだか急に寂しくなった。

「それに、青さん、黒い蝶々の絵を描いてましたっけ。紙が墨で真っ黒になるまで、黙って一人で蝶々の絵を描くんです」

「黒い蝶々ですか？」

「青さんは誰にも内緒にしていたみたいだけど、この部屋で一人になると、いつもそうしてました。あれは何だったのかしら？　影ばっかり飛んでいる黒い蝶々。わたしまで、そんなものを見たことがある気がして――」

よく知りもしない相手に、何をいっているんだろう。

巴がそう思って口をつぐんだとき、半開きにした窓の向こうを桃助が通るのが見えた。

おや？　と思ううちに、この家の引き戸を叩く音がする。

「ごめんなさいよ。巴ちゃんは、まだこちらかい？」

気詰まりになりかけていた巴は、そそくさと立ち上がった。

「あら、桃ちゃんだわ。お鈴さん、お茶はごめんなさい。わたし、これで失礼します」

お鈴の家を出ると、桃助は不思議なものでも見るように顔を覗き込んでくる。

「どうした風の吹き回しだい？　この間まで、青治を追い出した仇みたいにいっていたのに。お鈴さんとずいぶん仲が良さそうに見えたぜ」

「いつまでも、意地悪な気持ちなんかでいられないわ。それに、向こうはご亭主を亡くしたばかりなんだから。――それより、何かあったの？」

「六道館の前にソバの屋台が来ているから、久しぶりに一緒にどうかなと思って」

「そういうおさそいなら、毎日でもいいわよ」

路地を曲がって新道に入ると、巴が剣術を教える六道館がある。この道場は、近隣の孤児を元服するまで育てて、行儀作法を教え込む。青治も七歳のころに拾われた孤児だった。彫師の師匠に弟子入りするまで、六道館の娘である巴と一緒に育ったのだ。

「青治のやつ、今ごろ、どこでどうしていやがんだか」

木枯らしが吹く六道館の門前に、屋台の灯りがあたたかかった。

桃助は二人分の丼を運んでくると、表店の隠居がしまい忘れた床几に腰を下ろす。

「ところで、亡くなった水廉の旦那なんだけどさ。おっ死んじまったあの晩、深川の別な茶屋で人に会っていたみたいなんだ。それがまた、妙な話でね――」

ソバをすすって人心地つくと、桃助は聞き込んで来た捕り物の話を始めた。

腹上死する少し前、水簾は場末の茶屋で、ガリガリにやせた男と会っていた。

切り盛りするのは、年寄りの主人と、薹の立った仲居が一人だけという店だ。

――二階の座敷を借りるよ。熱い酒を持ってきておくれ。

店に入るなり、いったのは水簾だった。反対に、やせた男はただうつむいていた。

――へい、毎度。

年寄りの店主が、調子良くいう。けれど、どちらも初めての客だと店主も仲居も気付いていた。それなのに、二人の客はものなれた様子で梯子段《はしごだん》を上って行く。こんな場末の店は、どこも似たようなものだから、不思議というほどのことでもなかった。

最初から、どこかわけありの客だと思いましたよ。目立つナリをしてましたからねえ。

聞き込みに行った桃助に、仲居はそう答えた。

水簾の坊主頭と、相手のやせっぷり、加えて二人ともがそんな茶屋に合わない高級な身なりをしていた。いや身なりよりも、二人が醸す険悪な空気が忘れられなかった。

仲居はいわれたとおりに燗を付けた徳利を運んで梯子段をのぼる。

――おれと赤の他人でいたけりゃ、千両箱一つ用意しろ。

ふすまに手を掛けようとしたとき、そういうのがきこえた。声は、階下で親爺に声を掛けた、坊主頭の方だ。

冗談でいっているのでなければ、これは強請りではないのか？

対峙しているであろうやせた男は、笑わなかった。

冗談ごとではないのだ。

仲居は酒を載せた盆を手に、からだが凍る。この場に入って行くのは危ないと思う反面、好奇心の虫が騒いだ。廊下でぐずぐずしているうちに、やせ男が答えた。こんどは小声だったので、なんといっているのか聞きとれない。

――大の男が丁稚《でっち》みたいなことをいっても、聞く耳持たねえぞ。

立ち聞きは、そこまでだった。座敷の客たちが仲居の気配に気付いて、声をかけてきたのだ。

――酒が来たのかい。

はい、ただいま……。仲居は肝をつぶした。立ち聞きしていたのがバレて、怖ろしい目に遭うのではないかと、びくびくものだった。しかし、坊主頭の男は愛想良く酒を受け取り、やせた方は黙り込んだまま。叱られた子どもみたいに身をすくめている。やせ男は坊主頭よりいっそう身なりが立派なだけに、まことに異様な雰囲気だった。

酌をしようとする手を止めて、坊主頭は仲居の手に一分銀を握らせた。口止め料だ。このお客は、あたしが聞いていたのに気付いている。そうと察して、仲居は這々の体で梯子段を降りて行った。

二人は長居はしなかった。

なんかいやな感じの客でしたねえ。店主とそんなことをいい合っていたら、急に店が混んで来た。

ほら、やっぱり疫病神だ。あいつらが帰ったら、この繁盛ですよ。

仲居がいうと、老いた店主は、いやいや案外と福の神なんじゃねえか、なんて笑った。

へべれけに酔った客が、一人でととと……と梯子段をのぼっていったかと思うと、これが意地汚い男で、例の二人の客が残した酒を呑んでしまった。

あきれた仲居が注意したら、酔っ払いは居直って怒り出した。

——どうせ残りもんだろうが。飲んじゃいけねえって法でもあるのかい！

その酔っ払いが、なんと、店を出た後で急死したのである。

水廉が腹上死した、すぐ後のことだった。

「どういうこと？」

からっぽになったソバの丼を抱きながら、巴が訊く。しかし、訊く前から答えは読めていた。

水廉はゴロツキみたいな言葉を使って、同行したやせ男を脅していた。

──おれと赤の他人でいたけりゃ、千両箱一つ用意しろ。

立ち聞きしてしまった仲居が思ったとおり、それは強請りだ。

「だけど俳諧師がそんなことする？　水廉さんには、裏の顔があったってこと？」

「相手の男は、ひたすら縮こまっていたそうだよ。身なりは良いけど、げっそりやせて青い顔して、まるで病人みたいだったって」

「その二人が帰って、残ったお酒を盗み飲みした酔っ払いが急死しちゃった。同じころ、水廉さんが岡場所で……ええと、コホン……変な死に方をした。それってお酒に毒が入っていたってことじゃない？」

「そうなんだよ。だけど、店の酒を呑んだ他の連中はピンシャンしている。毒は水廉の飲んだ徳利にだけ仕込まれていたようだ」

「だったら、毒を盛ったのは、もう片方のやせ男ってことね」

「うん。十郎親分がそいつの人相を聞き取って探し回ってる。身なりも良かったそうだし、脅せば千両箱が出てくるほど金持ちな御仁なんて、そうそう居ないからね。やせ男の方は、ほどなく見つかると思うんだ」

「今夜は変にお腹がすくわ」

巴がソバのおかわりをもらってくる。

「ところで、桃ちゃん。水廉さんがいってた丁稚って言葉は、上方風よね。江戸では、小僧さんていうもん」

「水廉たちは上方から来たんだろうか？」

「お鈴さんに訊くか、家主さんに訊くかしたらいいわよ」

「そうだな」

桃助は思案顔で、ソバを掻っ込む。

いつもなら床几の端に座って煙管をふかしている青治が、今夜は居ない。

その空虚さを埋めるようにむやみにおかわりを繰り返した二人は、翌日いっぱい胃の腑の重たさに難渋することとなった。

三

水廉毒殺の疑いをかけられたやせ男は、自宅の蔵で首つりをした遺体で発見された。

臼屋《うすや》唐《とう》右《え》衛門《もん》という、菓子屋の主人だった。

臼屋は元から羽振り良く商いを広げていた。ところが、昨年、ここの菓子を買った客が次々と腹を下す騒ぎがあった。以来、使用人の使い込みが発覚したり、唐右衛門自身が病みついたりと、不運が続いていたらしい。

「そいつは気の毒だ。そんなに追い詰められちゃ、世をはかなむ気持ちになっちゃうのかなあ」

聞き込みに行った桃助は、気の毒そうにため息をつく。

その同情に気を許したのか、桃助と同年ほどの手代が耳打ちしてきた。

「うちの旦那さまは、苛《いじ》められていたんでございますよ」

「苛められていたとは、誰にだい？」

大店の主人が「苛められる」もなにもないものだろうが、眉毛のぐにゃりと下がった臼屋の死に顔を思い返すと、何よりもその言葉がぴったりと合うような気がした。

桃助が興味を示したと見て取ると、義憤にかられた様子の手代は、こちらの袖をつかんで訴える。

「杵屋さんです」

「杵屋とは、幕府御用達になろうって意気込んでいる、あの京菓子屋のことかい？」

「ええ、ええ。そうです。あの嫌みったらしい、威張りんぼうの、太っちょですよ」

手代は恨みを込めていった。

「先の腹下しの一件だって、杵屋さんが怪しいと、お店の内ではもっぱらのうわさだったんですから」

「どういうことだい?」

「うちの菓子は、上方から仕入れた材料を使うので評判なのですが、去年、葛粉《くずこ》の在庫を切らしたことがありまして。そのときに、杵屋さんがご自分の店で買った分を工面してくれたのです」

「親切なお人じゃないか」

「とんでもない」

手代は子どものように、プンと頰をふくらませる。

「臼屋の菓子で腹下ししたなんて騒ぎになったのは、その葛粉のせいなんですから」

「杵屋がよこした葛粉に、良くないものが入っていたというのかい?」

「そうです」

「何か証しがあるのか?」

桃助が問うと、手代はキッと顔を上げた。

「いいえ。今となっては証しを立てるものはございません。けど——」

臼屋が葛粉を切らしたこと自体、杵屋のはかりごとに違いないというのが、手代の意見だった。

臼屋の腹下し騒動は、上方の問屋から取り寄せる予定の葛粉が、手違いで紛失したのが、そもそもの始まりである。ところが、実際には紛失したのではなく、杵屋が横から手を回してひとり占めしてしまったのだという。

「おまえさん、どうしてそんなことまでわかるんだよ。まるで捕り物の玄人みたいだぜ」

桃助が素直に感心していると、手代は得意になったようだった。

「わたしのこれが――」

小指を立ててみせる。

「杵屋さんに女中奉公してますもんでね」

「てえしたもんだ。まるでくノ一だ」

鎌をかけたのではない。桃助は本心から感心したのである。それでも結果は同じで、手代は気分良さそうに、どんどん内々の話をしてくる。

「うちが葛粉を切らした頃合いに、腹下しの毒入り葛粉を、親切づらで押し付けてよこしたんですよ」

「それも、おまえさんのくノ一が調べ上げたのかい？」

「いやあ、わたしの推量ですけどね。でも、臼屋じゃ皆がそういってますよ」

問屋で葛粉を切らしたのは、杵屋の策謀。これは杵屋の女中からの情報だという。

困った臼屋に腹下しの毒入り葛粉をよこした。こちらは手代たちの憶測。

しかし憶測とはいえ、臼屋の中では紛うかたなき事実として認識されているようだ。

「毒、か」

水廉の毒殺を調べてここまで来たのだから、腹下しの毒というのが、ひっかかる。ただし、今の話の中で毒を用いたのは臼屋ではなく杵屋だ。

「どうして杵屋が、そこまでひどいことをするんだい？」

「そりゃ、臼屋を蹴落とすためですよ。うちをつぶして、まんまとお上の御用達商人になりおおせるためですよ」

「だけどさ、お江戸広し、だぜ。こういっちゃなんだけど、菓子屋なんて他にもいろいろあらあな。臼屋さん一軒をつぶしたとて、競争相手は山のように居るじゃねえか」

「そこは、親分さん、臼屋と杵屋ですよ。昔っから旦那さま同士は仲良しなんだ。仲良しってことは、とどのつまりは犬猿の仲ってのと同じ意味じゃありませんか」

手代がそんなことをいうので、桃助の頭の中に不意に青治の顔が浮かんだ。

（おいら、青治とは仲が良いと思ってきたけど。ひょっとしたら、おいらは青治のことを煙たがっていたんだろうか）

桃助が黙り込むと、手代は心配そうに「親分さん？」としきりに呼んだ。

「ごめんよ、おいらまだ親分なんかじゃねえんだよ」

桃助が素直にいうので、手代は「いや、いや」と手を振って見せた。

「仲の良し悪しは、おいといて、杵屋はいよいよ本性を現してきたんですよ」

「ほう、そりゃあ、なんだい」

「追い詰めるだけ追い詰めといて、今度は助けてやると手を差し伸べてきたんです」

腹下しで店が傾いた臼屋を立て直すため、支援したのはやはり杵屋だった。

支援とは、つまるところ借財である。その借財につけこんで、杵屋は臼屋唐右衛門に無理難題をいってきた。

「杵屋がこちらの旦那にいった無理難題とは、どんなことだ？」

「そりゃ、わかりません。わたしだって立ち聞きばかりはしてられませんもの」

手代は弁解がましくいって、声をひそめた。

「杵屋さんに無理をいわれて、うちの旦那さまは泣きながら『いやだ』とおっしゃっておいでした。本当に旦那さまは、泣いておいでだったんです。それなのに無情な杵屋さんは、『まげて頼む』とかいって聞かないんです」

何を頼んだのかを聞き出したくても、手代はそこまでは聞けなかったというし、肝心の臼屋は命を絶ってしまった。

「旦那さまの無念を思うと、わたしはくやしくて、くやしくて」

客の居ない菓子屋の店先、桃助の袖をつかむ手にいよいよ力が入る。

そんなときである。

暖簾《のれん》のはためく先、往来をうつむき加減に歩く男の姿が目に入った。

まげは結わず、うなじのあたりで一本にむすんだ髪が、風に流れるように揺れている。木綿縞をざっくり着くずして、素足にはいた下駄の歯が、聞こえの良い桃助の耳には、なじんだ音で地面を食んで行った。

「青治――？」

追いかけようとして、手代に止められた。

「ねえ、話を聞いてくださいよ」

「ちょっと、すまねえ。今、そこを知り合いが――」

なんとか振り切って往来に出ると、すでにその姿は消えていた。

＊

夜ごと、道場の前の屋台でソバをすすりながら、桃助と巴はあれこれと算段をめぐらせていた。

「臼屋さんの近くで青さんを見たのね？　臼屋さんといえば、深川の富ヶ岡八幡のあたりだったわよね」

「ちらっと見ただけなんだ」

「どうして追いかけなかったのよ」

「こっちは、御用で聞き込みしてたんだぜ。仕事をほっぽって行けるかよ」

「行けるわよ。青さんはあんたのこと、秩父の山まで探しに行ってあげたじゃないの」

「おれだって、青治のことは打っちゃらかしているわけじゃねえ。けど、お役目はお役目なんだよ、巴ちゃん」

「わかっているわよ。だったら、そのお役目、さっさと片付けちゃいましょう」

「うん」

掻き込むと、丼の半分が腹の中に消えてしまう。

「臼屋唐右衛門と、杵屋惣兵衛《そうべえ》は、元々は江戸者じゃねえ。二人とも、京の同じ公家の奉公人だったんだ。それがそろって江戸に来て、どちらも菓子屋を始めて成功した」

「よっぽどお菓子屋稼業の心得があったとか、江戸に強い縁故があったとか？」

「いや。二人とも江戸じゃ孤立無援だったそうだよ。しかも、二人で力を合わせて商売を始めたわけでもなさそうだ。臼屋に杵屋、それぞれに店を出して、あっという間に手広い商いをするようになった」

桃助が一日聞いて回った話をまとめてみると、臼屋と杵屋は最初から互いの腹の内をさぐり合う間柄だった。

最初、臼屋はおのれだけが店を持ち、杵屋惣兵衛を番頭におさめるつもりだったらしい。

知らぬ間に手下扱いされそうになった惣兵衛は、なかば意地になって同じ菓子屋を開業した。以来、抜きつ抜かれつしながら、店を大きくしてきたようだ。

「知らない土地で畑違いの商いに手を出して、二人ともが繁盛するなんて大したものだわ。競争相手が居るってのは、良いことなのね」

つるつるとソバをすすって、巴は感心したようにいった。

初冬の夜風が袂から背中に抜けて、桃助は一つ大きなくしゃみをする。

「臼屋と杵屋の関係は、そんな良い話でもなさそうだよ」

「そうなの？」

「黒いドロッとしたものが、どっちの腹の中にもあったみたいだぜ」

「あら、いやだ」

箸をすべったソバが一本、下駄をはいた素足にぺたりと落ちた。

「それにしたって、元手になるお金だって必要だったでしょうに。公家の奉公って、そんなにもうかるのかしら？」

「それは、わかんねえけど」

桃助は、一杯目をたいらげておかわりをもらいに行く。

「けど、最近じゃ、臼屋は踏んだり蹴ったりだった。売り物の菓子で腹下しが起きたり、奉公人が使い込みをしたり、唐右衛門が病にかかったり。どうやら、病が重くて先のねえ命だったらしいぜ」

一方の杵屋の方は、臼屋と違って上り調子だ。

幕府の御用達商人の地位をねらっていて、老中と近しい旗本の加藤《かとう》某に取り入って、まずは加藤家の御用達の立場を確保していた。

「加藤家の御用達商人になり、次は老中、次は幕府の御用達となる腹づもりで居るみたいだ」

「臼屋は、どうなっちゃうの？」

「臼屋には水廉を毒殺した疑いがかかっているし、借財は多いし、だいいち臼屋当人が首をくっちまった。店を続けるには無理がある」

「そうね」

「けど、臼屋の借財のほとんどは、杵屋が工面してやったものなんだ。杵屋がそれを棒引きにしたから、臼屋の借財は消えたことになる。その代わり、臼屋の暖簾は、杵屋にかけかえられちまった。おかげで、奉公人は一人も路頭に迷わなかったけどね」

そのことは、前に杵屋をこきおろした手代から聞いた。

——杵屋さんは、情け深い旦那さまだ。さすがに臼屋と杵屋は、上方から続いた縁ですよねえ。

てのひらを返したような態度で、手代は杵屋惣兵衛をほめあげた。

「けど、おいらは何かひっかかるんだ」

本所の岡場所で腹上死する直前、水簾は臼屋と会っている。そして、こういったのだ。

——おれと赤の他人でいたけりゃ、千両箱一つ用意しろ。

——大の男が丁稚みたいなことをいっても、聞く耳持たねえぞ。

これは立ち聞きした仲居が、肝を縮ませて証言した。

「千両箱一つ用意しろってのは、とんでもねえ強請りだぜ。悪党だって雑魚《ざこ》じゃいえねえ」

あげく、水簾の残した酒を呑んだ酔漢が急死している。

「それに——」

前に巴が指摘したとおり、『丁稚』とは上方言葉だ。

水簾は、臼屋が上方の出身だと知っていたのか？

丁稚みたいなこと——とは、指図する者が居るという意味ではないのか？

それは、杵屋ではなかったろうか？

「杵屋が臼屋に強要したのは、水廉に毒を盛ることだったりして」

桃助は思い切ったことを口に出すが、巴は慎重につぶやいた。

「そもそも、水廉て人は何者なのかしら？」

お鈴に訊けば、これまで夫婦は東海道のあちこちを旅して暮らしていたという。定まったすまいを持たず、趣味人たちに俳諧を指南することで日々の糧を得ていた。

――日の本の真ん中に終《つい》の棲家《すみか》をといって、この日本橋に越して来たのですがねえ。

来たとたんに命を落とすとは、なんと皮肉なことか。

そういったときのお鈴は、悲しむというより苦笑いをしていた。

「わたしがお鈴さんでも、やっぱり笑っちゃうのかなあ」

巴は上目に星を見ながら、ソバの汁を飲み干した。

亭主に腹上死されたお鈴の気持ちを想像してみる。不思議と、何の感情もわかなかった。そもそも、まだ亭主を持つということが想像できないのだ。

(青さんは戻って来ないし。今夜のソバは、なんだか塩っ辛いし)

そもそも水廉とは何者なのか。

青治が居ないせいで胸の中に穴が開いてしまい、何を考えても何を食べても実感というものがわかない。ため息加減に見つめる木戸の向こうは、ただ真っ暗な闇だった。

＊

そもそも水簾とは何者なのか。

巴の疑問の答えは、思いがけない者によってもたらされた。

品川宿で十手持ちをしている丁松《ちょうまつ》という男が、自身番を訪ねて来たのである。

正確には、水簾を捕えに来たのだが、当人が死んでいたので、思いあまって近くの自身番に不満をいいに来た。丁松というのはあだ名で、そこから連想するとおり、元はバクチ打ちだったという。

「かーっ！」

自身番の三畳間に上がり込んで、丁松は家主と桃助を相手に悔しがった。小柄で貧相だが、愛嬌のある男である。

「あンの野郎、東海道をあっちこっち行って、ようやく探し当てたってのに。おっ死んじまってたとは、悔しいねえ。いや、悔しい」

「水簾て人は、そんなにひどい悪党だったのかね」

故人に家を貸していた家主は、びくびくと丁松の顔をのぞきこんだ。

当人は死んでしまったが、まだ女房が住み付いている。追い出した方がよろしいかと問うので、聞いていた丁松と桃助は、声をそろえて「そんな不人情な！」と怒った。

「俳諧師の水廉なんて真っ赤なうそっぱちで、やつは悪路《あくろ》廉三《れんぞう》という雲助《くもすけ》の元締めなんでさ」

雲助とは、旅人に難癖をつけて銭を奪う、たちの悪い駕籠かきのことである。

悪路廉三の縄張りは広く、東海道の全域にわたっていた。その手口は追いはぎと何も変わるところがない。駕籠に乗った客の身ぐるみをはいで、見目良い女は女衒《ぜげん》に売ったし、手向かう相手は容赦なく殺してしまった。

「あのお鈴という女房も、元はといえば廉三にかどわかされたも同然の身の上なんだ。二十年ほど前に高辻雪子《たかつじゆきこ》という公家の後家が、江戸に向かう道中のこと――」

高辻雪子は、旗本の娘の養育係として江戸に呼ばれた。

二人の子供を連れての旅だったが、一行は悪路一味に襲われた。

「高辻雪子っていうお方は公家だけあって繊細でね。悪党に取り囲まれたら肝がつぶれて、そのまま死んじまったそうだ」

丁松は片手を持ち上げて拝む所作をする。

つられた桃助と家主も「ナンマイダ」とつぶやいて、手を合わせた。

「あのお鈴って女房は、高辻雪子が連れていた姉娘の鈴香《すずか》なのさ。早熟な別嬪で、廉三のヤツは一目で惚れ込んでしまったらしい。手籠《てご》めにして、そのまま女房にしてしまったそうだ。年の離れた弟はそのあと逃げて行方知れず、女中は品川宿まで来て宿場女郎に売り飛ばされちまった。男の従者は命からがら逃げ出して、今じゃ江戸で名高い菓子屋の大旦那だとか。それが臼屋と杵屋という——」

丁松がいいかけたはしから、桃助が頓狂な声を上げた。

「臼屋唐右衛門は、昔の恨みで水廉——いやさ、悪路廉三に毒を盛ったのか？　それとも、杵屋が無理をいって臼屋を動かしたのかも知れない。いや、ひょっとしたら——」

——おれと赤の他人でいたけりゃ、千両箱一つ用意しろ。

実際には、悪路廉三はそういって臼屋を脅していたのだ。

積年の恨みからの仇討ちというよりも、おどされて歯向かったという方が事実に合っている。

「けど、桃の字よ」

丁松は初対面だというのに、人なつこく桃助の膝を叩いた。

「臼屋も杵屋も追いはぎをされた側だぜ。なんで悪路廉三におどされなくちゃなんねえんだ？」

そう尋ねたとき、前庭の玉砂利を踏む音がして、立てかけていた提灯が倒れる。

桃助と丁松は飛びつくように開けっ放しの戸口に駆け寄ると、庭から往来を眺めまわした。

「誰か盗み聞きしていやがった。そっちは、姿が見えねえかい？」

「いや、誰も居ない」

見えたのは、木枯らしが吹く中をせわし気に行き過ぎる善男善女の姿だけであった。

四

自身番で立ち聞きしていたのは巴である。

他意があってのことではない。通りかかったら、話が耳に入ってしまったのだ。聞くうちに、巴はすっかり落胆して、腹が立っていた。

(あの人たちが越して来てからというもの、どこもかしこも引っ掻き回されている気がするわ。青さんのことなんか、誰も忘れてしまっているじゃないの)

とはいえ、水廉という男の正体には驚かされた。

十手持ちの桃助を手伝っていれば、それなりに悪党の顔を見ることもあるが、東海道をまたにかけた追いはぎの頭目とはおそれいった。しかし、何より胸くそが悪いのは、お鈴が無理やり女房にされてしまったくだりである。

（ひどいヤツだわ。死んでも誰も悲しまないこと、同情して損しちゃった）

ぷんぷんと腹を立てながら、向かった先は富ヶ岡八幡近くの泥棒宿だった。

ここには、お駒という因業なばあさんが暮らしている。

お駒は、お天道さまの下に身の置き場のない小悪党たちを相手に、宿屋の真似ごとをしていた。しかし実のところ、お駒は腕の良い祈禱師でもある。

自身番で立ち聞きしながら、巴はつくづく青治のことでは誰も頼ることができないと感じた。なにせ、桃助も家主も、水簾の残した騒動で手いっぱいなのだ。

さりとて巴が自力で探すにしても、どこを探したものか皆目見当もつかない。

そこで、霊験あらたからしいお駒に、青治の居場所を占ってもらおうと思ったのである。

富ヶ岡八幡を南に下ってくると、桃助たちの話に出てくる臼屋の店があった。ただし、今では看板をかけ替えて『杵屋』として営業している。

そこで手みやげに饅頭を買い求めて、平野《ひらの》橋という小さな橋を渡った。

目指す泥棒宿は、水路をはさんで材木置き場の対岸にある。

落雷のせいで立ち枯れた松の木のそばに、掘っ建て小屋をつなぎ合わせたような異形の家があった。それが、お駒の泥棒宿だ。

枯れ木と軒のでっぱりをつないだ物干しに向かって、小柄な老婆がしきりと背伸びをしていた。洗濯物を干したいのだが、手が届かないらしい。

「お駒さん、こんにちは」

「はい、こんにちは。そろそろ、おまえが来るころだと思っていたよ」

名乗る前から、わかっているようだ。

「饅頭をおよこし」

お駒は巴から手みやげをひったくり、洗濯物を干してくれと手振りで示す。

巴はつぎはぎだらけの腰巻を物干しに広げ、陽光に向かってしわを叩いた。

「おいで、お嬢さん」

お駒の住まいは、彼女の腰巻と同じほどつぎはぎだらけの代物だった。壊れた箇所から気ままに増築を繰り返し、ボロの牙城といった趣きがある。

うすぐらい部屋の一角には祭壇が設《しつら》えてあり、祈禱に使うらしい絵ろうそくや、おどろおどろしい色彩の火焰太鼓、男女和合の像、干物だかミイラだかわからない干からびた茶色いものなどが、線香のけむりで燻《いぶ》されていた。

(うーん、いかがわしいなあ)

巴はいまさらながら、このばあさんを頼って正解だったのか、自信がなくなってくる。

「こっちは腕の良い祈禱師だから、近所の松平さま、一橋《ひとつばし》さまからも、まつりごとの相談を持ち掛けられるくらいさ」

「まあ、凄いわね」

お駒のいうのは九割がたはホラで、せいぜいが松平家や一橋家の門番か下男が、個人的な相談に来たといったことなのだろう。

お駒は意外なほど上等な茶を出して、取り上げた饅頭を食べ始めた。

「おまえは、彫師の青治を探しているんだろ」

「どうして、それを知っているのよ」

本気で感心すると、お駒は造作もないというように小さな手を振った。

「青治がさっきまでここに居て、六道館の巴がじきに自分を見つけ出してしまうだろう……なんていってたからさ」

「なんですって?」

立ち上がりかけた巴の肩を押さえて、お駒は茶箱の中から一通の文を出して見せた。

折り目を開くとこぼれるように、蝶々の影が板の間に舞いはじめる。もちろん、お駒の暗い部屋には、蝶など一頭も飛んでいない。

——千早さん、ようよう見つけました。じきに、参ります。

「おばあさん、これはどういうこと？」

「いやな影が飛んでいるよ。こいつは青治を追っかけている魂魄だ。いろんな連中が青治を追っかけているのだよ。物騒な連中が今しがた迎えに来て、青治は出て行ったところだ。おまえもまた、青治を追っかけているんだね」

「物騒な連中って誰よ？　青さん、そいつらに捕まったの？」

「いいや」

お駒はじれったくなるほど間をもたせ、祭壇の奥に下げてあるむしろを目で示した。

この泥棒宿には、あちこちに抜け穴がある。

お駒は先に立って巴の手を引っ張った。

「青治は連中について行ったのではなく、裏から逃げた。あたしは『青治なんぞいない』といってやったけど、あの男はこうした立ち回りが苦手のようだ。おそらくすぐに捕まったろうよ」

「ちょっと、おばあさん。何をのんきなことをいってんのよ」

「あせりなさんな。間違った方角へ力任せに走るより、目指す場所へとのんびり進んだ方が早いってもんさ」

「青さんが怖い連中に捕まって、どこかに連れて行かれたのね？」

「ありていにいえば、そういうことだね。おまえが助けに行きたいなら、お駒が手を貸してやろう」

「じゃあ、おばあさん。もしわたしが来なかったら、青さんはどうなったの？」

「それもまた、青治の天命というものだ」

お駒は平然といって、小さなからだを曲げるようにして立ちあがる。巴に手招きして、うすぐらくて雑然とした泥棒宿から外に出た。後ろに従う巴は、物干しざおに掛かった腰巻の間を急いで通り抜け、その腰巻にまとわりつかれて前が見えなくなる。

「ちょっと待って、おばあさん」

「ほら、おまえのいい人が死んじまうよ」

腰巻と格闘すること、しばし。背中の曲がったお駒の後ろ姿を、巴は走って追いかけた。伸び放題の草と、放置された木の切り株が危なっかしい。土手につないだ小舟を手繰り寄せるのは、もっと危なっかしい。

さざ波を立てる水路に向かって前かがみになると、巴はお駒を手伝って、ようよう舟を近くに寄せた。老いたお駒がどうやって乗るのかと思っていたら、ぼろぼろの草履をはいた足で、ぴょこりと地面を蹴った。

お駒の曲がったからだが宙に浮いて、みごとに舟に乗り移る。

小さな舟は、そのはずみで揺れに揺れた。

「それ、おまえもおいで」

「えい！」

道場と同じ気合で、身をおどらせた。

今度は、お駒が乗ったときの倍も揺れる。

「下手くそだね。まあ、素人女にしちゃ上出来だ」

お駒は手振りで巴を座らせると、慣れた手つきで櫓《ろ》を漕ぎ始めた。

「これは夜鷹が使う舟なのさ。これで中洲に渡り、一稼ぎしてから戻って来る。――もしも、あたしが青治を捕えた悪党だったら、やっぱり中洲まで連れて行って命を奪い、むくろは打っちゃってカラスの食うにまかせるだろうね」

お駒は平然という。

小舟は松平家の大きな屋敷を左手に見て、ぐるりと回った。

隅田川に出てほどなく、お駒のいう中洲がある。かつては歓楽地として茶屋が軒を連ねた時代もあったが、今はうち捨てられて葦がそよぐだけの枯れ野原になっていた。

お駒は夜鷹に習ったという器用さで、岸に近づいて行く。

舟が着くや否や、巴は葦原の中に飛び込んだ。

落ちていた三尺ばかりの木の枝を、走りながら拾った。

ブンッと、振ってみる。

葦の枯葉がちぎれて飛んだ。

ところどころに、葦原が倒れて平らになっているのは、夜鷹の商売の場所だろうか。

ともあれ、寒々とした枯れ野原には、鳴く虫の声もない。その中を駆けて行く巴が、渡る風以上の気配を残さないのは、お家芸の現幻無限流が忍術の流れをくむためだろう。

(あ……)

ツンと研ぎ澄ました耳にも肌にも、人の争う気配が確かに届いていた。

対岸から完全に隠れるあたりに、小競り合いをする男たちの姿が見える。

すっとしゃがみこんだ。左手に握った棒っきれに、無意識に力がこもる。瞬間、棒っきれは真剣のごとく生命を帯びた。

(四人、居る)

背の高い葦に隠れて様子をうかがう。

そこにはしばらくぶりで見る、少しやつれた青治の姿があった。

まずいことに、青治は、人相の良からぬ三人の男に囲まれている。

一人は素手で青治の腹を殴り、もう一人の手に匕首が光るのを見た。

残る一人は一行の首領らしく、仲間が青治をいたぶるのを静観している。

カッと頭に血がのぼった。少年時代の青治と桃助が、よその町内の暴れん坊にさんざんな目に遭わされて帰ったときよりも、もっと頭にきた。遠い先祖が関ヶ原の合戦で、敵将の首級《しゅきゅう》を挙げたときよりも、もっと血が猛《たけ》った。

「この、この、この大馬鹿野郎ども——！」

巴は、騒動のただ中に飛び込んだ。

「うへ？」

振り向いた敵の一人が、間抜けな声を上げる。

どうで、徒党を組んで弱い者をなぶるしかできぬ三下やっこどもだ。凄んでみたところで、高が知れている。

ところが、先方には巴の奇襲は、小町娘が血迷ったとしか見えなかった。

その娘っ子が、なぜこんな中洲まで来たのかはさておき、優男の口封じよりはよっぽどおいしいお客である。

「どうしたんだい、おじょ——」

お嬢さんといいきる前に、匕首を持った男は小手を打たれていた。

「うお痛てて——なにしやがる」

骨が砕けたはずだ。男は打たれた手をまたぐらにはさむようにして、転げ回る。

「愚問だ！」

巴は振り向きもせず、甲高く怒鳴った。

「あんたたち、全員、ノシてやる」

返す刀で、青治を殴りつけていた男の胴を払った。

二人の仲間を倒されて、首領らしい男がようやくわれに返る。この小町娘、おいしい思いをさせてくれるどころか、魔物が憑いたような手練《てだ》れだ。だれだか知らないが、ともかく敵である。そこまで考えて、懐から匕首を取り出した。

「このアマ、手籠めにして大川に放り込んでやるぜ」

しかし、男は躍りかかるや真正面から、額を叩かれた。

そのままひっくり返る敵を見て、巴はさも軽蔑したように目を向けた。

「手加減してやったのよ。孫子《まごこ》の代まで感謝しなさい」

腰に手を当てて、最初に小手を打った相手の前に立ちはだかった。手加減はしたものの、残る二人は、気絶してしまったからだ。

「あんたたち、誰のさしがねで、こんなことしたのよ。正直に白状しないと——」

棒を振り上げる巴を見て、男は砕けた手を上げてから痛さで叫んだ。

「わああ、わああ」

「こいつらは杵屋惣兵衛にやとわれて、おれの口を封じに来たんだ」

それまで黙っていた青治が、後ろから口をはさんだ。殴られたみぞおちを両手でかばうようにしながら、巴に一撃で倒された者たちを無感動に見下ろしている。

「どういうことなのよ、青さん」

「おれが杵屋を強請ってたもんでな」

「強請りですって？　それじゃあ、青さん。杵屋から逃げるために、姿を隠してたの？」

「いいや。おれが逃げていたのは、蝶々の影法師からだ」

「意味がわからない」

「おれに取り憑いて離れない蝶々の影を追い払うために、杵屋から銭を巻き上げようとして、このザマだ」

青治がいうのは、流行りの地口か何かなのか？

足元に落ちた匕首が、午後の陽ざしを受けてギラリと光る。その剣呑な色を見ているうちに、巴はだんだん腹が立ってきた。

「どうして、そんなことしたのよ！　悪路廉三みたいな悪党でも殺されたのに、喧嘩が極端に弱い青さんが、そんなことして無事で済むと思ったわけ？」

「不思議と死ぬ気はしなかった。そいつはたぶん——」

青治は初めて困ったように、首をかしげる。

「おまえが来るような気がしたから」

「はあ？」

子どものころから、青治が窮地に陥れば、巴が必ず助けにいった。

「だから、無法をして口を封じられそうになっても、おまえがきっと見つけてくれるだろうと思ってさ」

「なんですって？」

「たとえ間に合わなくても、おまえや桃助が骨を拾ってくれて、きっとおれの存念を晴らしてくれると思ってさ」

「この、大馬鹿者！」

涙がこぼれるせいで、前よりいっそう怖い顔をした巴が、ぴしゃりと青治の頬を打った。

＊

向島にある恵方荘《えほうそう》という料亭で、杵屋惣兵衛は加藤家の用人を迎えていた。

そこは一部屋だけ離れの造りになっていて、内緒ごとには重宝する。

いや、杵屋にしてみれば、今宵の席のことは大声で天下に吹聴したいくらいなのだ。

（杵屋が、ついに幕府御用達の菓子商人になるのだぞ！）

苦節二十一年……そう思うと、胸の奥が熱くなった。

しかし、そもそも御用達商人とは、代を重ねてようやく勝ち得るものだろう。商いのイロハも知らなかった彼が、江戸の地に立ってからたった二十一年しか経っていない。当時は杵屋惣兵衛という名前すらもなかった。だからこそ、今日の成功は、奇跡と呼べるものに違いないのだ。

酒が運ばれる合間に、杵屋はでっぷりとした上体を乗り出して庭を見た。

「旦那さん、どうなさいました？」

「いや、今は何どきだろうと思ってね」

仲居に訊かれて、杵屋はそわそわと目を泳がせる。

「ずいぶん前に、七ツ時（午後四時頃）の鐘が鳴りましたよ。この季節は日が短いので、朝が来たかと思えばすぐ夜になってしまいますねえ」

「いかにも、いかにも」

杵屋はたそがれの濃さで時刻を確かめ、ますます上機嫌になる。

（あの厄介な若造の始末もついたころだ。もはや、邪魔者は居なくなった）

晴れ晴れとした気持ちで銚子をさし出すと、客も上機嫌で猪口を空にした。

幕府御用達商人に推挙される段取りは、内々に進んでいる。杵屋が上方の出身であることも、老中たちに好印象を与えた。なにせ、上方から江戸に来るものは『下りもの』と呼ばれ、万事、むかしから上等と決まっている。

「杵屋どのはお公家の習慣にも詳しいので、老中の合議においても、それだけで覚えがいいようですな」

用人がうまそうに酒を飲む様子を、杵屋は満足げに見つめた。食材も酒も、今日は特別に上方のものを使わせたのは、この一言が聞きたかったからだ。

自身が京からの『下りもの』である杵屋は、かつて、そのせいで危うく命を落としかけたこともあったものの、結局はすべてがけっこうな方に転んだ。

それにはただ、幸運を待っていただけではない。

今日のように荒っぽい真似をしてでも、欲しいものをつかみとって来たおかげである。いちばんに邪魔だった臼屋さえ、杵屋の肥しとなって死んでくれたのは、こちらの執念勝ちというものだろう。

そう思うと、灘《なだ》の名酒もひときわ美味く感じられる。

しかし――。

高い音をたてて、障子が開いた。

次の瞬間、酒を口から吹き出してしまうなどという失態を演じたのは、中洲で殺したはずの男が部屋に押し入って来たせいである。

「生きてて、すまないね」

湯上がりの女のように髪をうなじで一本に結わえた男は、杵屋を見て楽しそうにいった。

その足元には、おびただしい数の蝶の群れが影を落としているのだが、辺りには一頭とて飛ぶ蝶の姿はない。

「く——来るな、何なのだ、これは。うわ、うわ、うわ」

たゆたう影が杵屋の丸い背中や猪首にも取り憑いて、場は恐慌のありさまとなった。

「何者だ」

上座に居た加藤家の用人が、誰何《すいか》した。

問われた男は、頰にかかった髪を払って名乗りを上げる。

「おれの名は、青治。日本橋高砂町で彫師をいたしております。——そして、そこで商人のなりをしているのは、公家侍の木村《きむら》惣兵衛」

まるで罪状を読み上げるように、青治は杵屋を指してそう呼んだ。

蝶の影から逃げ惑っていた杵屋は、かろうじて威厳を取り戻し、大きく咳払いをする。

「わ――わたしが木村惣兵衛であって、何が悪いのかね。何のいいがかりを付けに来たのかは知らんが、ここは大切な商談の席だ。いきなり乱入して来るなら、捕り方を呼ぶよ」

杵屋が一喝すると、小振りな十手を持った男がひょいと顔を出した。

「へい。捕り方なら、ここに」

続いて、島田まげに丸顔の娘が、木刀代わりの棒っきれを引っさげて現れる。

桃助と巴は芝居の見得でも切るように、二人そろって敷居をチョイとまたいだ。

「ついさっきこの棒で、悪い三下やっこをノシちゃったんですけど。自身番でゆっくり話を聞いたら、あの人たちは杵屋さんに頼まれて、青さんを口封じに殺そうとしてたんですってね」

巴はちらりと青治を見てから、ぶんぶんと棒っきれを振り回した。当人は脅しのつもりだったが、小町娘の愛嬌では殺気も無礼も帳消しになって迫力がない。

加藤家の用人はただ唖然と巴の素振りを眺め、改めて刀を引き寄せた。

「その狼藉《ろうぜき》は、わしが加藤家用人と承知したうえでのことか」

「もちろん、存じておりますとも」

巴は、ぶんぶんと棒を振り回す。

「このまま杵屋をしょっぴいてもいいんですけどね。せっかくのご縁だから、用人さまにも騒動の一部始終をお聞かせしようと思いまして。なにせ、ことの発端は、旗本加藤家にも少しは関係のあることなんでさ」

　十手を帯に戻した桃助が、分別がましく腕を組んだ。

「今から二十一年前にさかのぼったと思いなせえ。京で暮らす貧乏公家の後家さんに、江戸での働き口が見つかった。後家さんの名は、高辻雪子。このお方を江戸に呼んだのは、旗本二千石、加藤家だ」

「加藤家とは——わが加藤家であるか」

「さようで」

　加藤家の子女の養育係という名目で、高辻雪子は江戸へと下ることとなった。夫の忘れ形見である娘の名は鈴香、鈴香の弟はまだ六歳になったばかりの千早という。

　他に身辺の世話をする女中が一人と、家に仕える若侍が二人、一行に加わった。

「若侍が二人」

　用人が問うと、桃助は猿に似た丸い目をくるりと回して応じる。

「へい、若侍が二人」

　やせて背高の臼井《うすい》唐右衛門と、恰幅の良い木村惣兵衛、機転の利く二人は、旅慣れない女主人に不自由をかけぬよう采配を振るった。

「確かに、二十年ほど前、姫君の養育係を京から迎えるという話があったが——」

「その話、どうなりました?」

「そういえば、立ち消えとなっていたな。道中で消息を絶って、それ以来、いく度連絡をやってもナシのつぶてだったのだ」

「そうでしょう」

応じる青治はかつての木村惣兵衛——杵屋惣兵衛をまっすぐに見下ろした。

「唐右衛門と惣兵衛は主人親子を気遣って駕籠に乗せたはいいが、それは東海道をまたにかけた悪党、悪路廉三が仕切る雲助の駕籠でね」

「雲助とは、街道沿いで荒稼ぎをする不届きな駕籠かきのことだな」

用人が尋ねると、青治はしぶい顔をした。

「廉三はもっとたちが悪い。客を身ぐるみはいで、女子供は人買いに売り飛ばすなんざ、追いはぎと少しも変わりがねえ。高辻雪子が乗せられた駕籠は、そんな駕籠だったんでさ」

一行の主人である雪子は、怖ろしさのあまり肝がつぶれて急死した。

姉娘に一目惚れした廉三は、手籠めにしておのれの女房にしてしまった。

まだ六歳だった弟の千早は、姉と同様、しばらくは色稚児として廉三のなぶりものにされていた。そのうち、全裸にした少年の体をつくづく眺めて、廉三はいった。

――千早なんて女みてえな名前のせいで、こんな生っ白いガキになっちまったんだ。どうれ、わしが新しい名を付けてやろう。

いやがる千早を無理に押さえて、肩口に彫り込んだ名が――。

「青治、といいやしてね」

そういって、青治は一同に背中を見せて座ると、片肌を脱いだ。

吉原の花魁のように青白く肌理《きめ》のそろった肌に、かぎ裂きのような乱暴な素人彫で『青治』の二文字が彫り込まれてある。

「青治、おまえ――」

「公家の若さまだったの？」

桃助と巴が驚くすきを見て、杵屋は庭へと続く障子に突進する。

そのつかの間の逃亡は、さっと棒きれを差し出した巴によって、あえなくついえた。

丸い体で這いつくばった着物のすそを、巴が容赦なく踏みつける。

「おれたち母子を悪路廉三に売ったのは、従者だった木村惣兵衛と臼井唐右衛門だ」

最初は二心なく、主人母子に道中の難儀をかけまいとして、乗り物を探していた。

その様子を見ていた悪路廉三一味は、金ずくで惣兵衛たちに迫ったのである。

――おまえたちの女主人が、わしらの駕籠に乗るよう、うまく首尾しろ。

そうして高辻雪子と二人の子どもは、悪路廉三の手に落ちた。

木村惣兵衛と臼井唐右衛門の手に渡った金は、二人合わせて百両。

「ずいぶんなお金だったのね」

初めて聞く巴は、驚いている。

青治はふてくされた顔で、腕組みをした。

「街道で見かけたときから、悪路廉三は姉の鈴香にぞっこん惚れてしまったんだ。廉三は鈴香を女房にしたが、意外なことに、ずっとカカア天下だったらしいぜ」

「で、おまえはどうなったんだよ」

「悪路から路銀をかすめ盗って、江戸まで逃げて来た。七つの時日本橋で食いっぱぐれていたら、六道館の大先生に助けられたってわけさ」

青治は、結局のところ、凌辱のしるしのような背中の彫り物からは逃れられなかった。組み伏せられて彫られた名前を名乗り、その痛さに焦がれるように刺青彫師となったのである。

木村と臼井は、女主人を悪路廉三に売った金を元手に、それぞれ商売を始めた。

杵屋惣兵衛、臼屋唐右衛門と名乗った二人の命運は最近になって明と暗に分かれてしまったが、江戸に来てからは二人にとって夢のような栄達の日々であった。

「悪路廉三は、二人にはさながら福の神だったのね。でも、いまさら出て来られたら疫病神だわ」

「ことに、こちらの旦那は幕府御用達商人になれるって瀬戸際で、悪路廉三がのこのこ江戸にやってきやがった。商いの元手が東海道の追いはぎにもらったもの——しかも、主人を売って得た金だなどと天下に知れたら、身の破滅だ」

「実際、廉三はおまえさん方を強請ってたんだってね」

俳諧師の水廉という触れ込みで江戸に入り込んだ廉三だったが、元より俳諧など知らないし句をひねれば子どもより下手だ。そこで必要になる食い扶持《ぶち》を、臼屋と杵屋から搾り取ろうと算段していたのだ。

——おれと赤の他人でいたけりゃ、千両箱一つ用意しろ。大の男が丁稚みたいなことをいっても、聞く耳持たねえぞ。

大の男が丁稚みたいなことをいっても——と廉三は凄んでみせたが、それは臼屋の後ろで糸を引いている杵屋の存在を暗示している。

ともあれ、廉三は金の無心で臼屋を恫喝した同じ夜、毒を盛られて死んだ。それが腹上死みたいに見えたのは、臼屋が使った毒がゆっくりと効くものだったからだ。

杵屋がくわだて、臼屋が実行した悪路廉三殺し。

実際に手を下していない杵屋には大した実感はなかったけれど、臼屋は罪悪感に苦しんだ。それでなくても、店が傾きおのれも病を得て心が弱っていたのである。そもそも今日まで築いてきた身代は、主人を悪路廉三に売り渡した金によって成り立っている。

畳みかける心痛に耐えかねて、臼屋は首をくってしまった。

「臼屋が昔の罪を抱えて黙って死んでくれて、杵屋の旦那はさぞかし安堵したろうね」

「…………」

「そんな中で、よけいなことをする馬鹿も居るわけで」

桃助が青治を見て呆れたようにいう。

「こいつまでもが、あんたを強請ってたんだそうだな」

彫師が日ごろ相手にする客は、怪しげな連中が少なくない。

江戸市中における杵屋の繁盛、臼屋の没落はもちろん、東海道で暗躍する悪路廉三のうわさも耳に入っていた。実の姉が、かつての恨みも屈辱も忘れて、廉三の恋女房におさまっていることも知っていた。

しかし、行方知れずの弟を探し求めて、姉の生霊が夜な夜な蝶々の影になって青治に付きまとう。

それほどまでして弟を探し求めていたお鈴は、とうとう青治の居場所を突き止めてしまった。

――千早さん、ようよう見つけました。じきに、参ります。

青治の元に姉からの手紙が届いた。わざわざ飛脚に運ばせてきた文には、忘れようもない美しい筆跡で、送り主の口調そのままの文字がつづられていた。

「いまさら姉弟の名乗りなんざ、上げられるもんじゃねえ。まして、あの悪党のつらを見たら、平気で居られるわけがねえ」

だから、青治は逃げたのである。

お駒の泥棒宿に身を隠して、そのまま遠国へ行ってしまおうという矢先、悪路廉三が岡場所で死んだといううわさが入ってきた。その時、泥棒宿で小悪党たちがささやき合う言葉の端から、青治は廉三殺しのカラクリを見通してしまったのである。

「これで、杵屋の弱みを二つ握ったってわけさ」

一つ目は、悪路廉三に主人母子を売った罪。

二つ目は、悪路廉三を謀殺した罪。

「青治、おまえったら、それをお上に申し出ないで、杵屋を脅したってわけだ」

むかし悪路廉三から都合された百両を、やもめになったお鈴に返せ。さもなければ、杵屋臼屋の悪事を世間にさらしてやる。

「それで、あの不良たちに青さんのことを始末させようとしたのね――」

杵屋の着物のすそを踏みつけた巴の足が、わずかに浮いた。

その瞬間、杵屋は丸い図体をかがめて、ねずみのようなすばしっこさで庭に走り出る。

「まて、この野郎！」

十手を振り上げて追う桃助を制して、加藤家の用人が庭に下りた。

生垣によじのぼろうとする杵屋の肩を、刀の峰でビシリと叩く。

「痛い……」

杵屋惣兵衛は暗い庭の中でくずおれ、桃助の手で縄をかけられた。

五

品川宿は江戸と東海道の結び目である。

明け六ツ（午前六時頃）過ぎの街道には、朝の青い空気の中を、西に向かう旅人の後ろ姿が幾人も見てとれた。沖には帆を掲げた船が、群れなすように浮いている。

そんな様子を茶屋の床几に腰掛けて眺めている女は、『入り鉄砲に出女』などと女の一人旅が不自由なご時世、余裕綽々《しやくしやく》の一人旅の風情だ。その足元にぽつりぽつりと影が浮かんでは消え、団子を運んで来たばあさんが不思議がった。

「こんな寒空に蝶々が飛ぶかね？　はて、どこを見ても飛んでやしないが、ねえさんの足元に影ばかりが舞っているよ」

「そんなものは見えないよ。おおかた、おばあさんの気のせいさ」

そういって笑う女の隣に、ひょろりと背の高い男が腰を下ろした。湯上がりの女のように長い髪をうなじで一本に結び、切れ長の目が旅装束の女にどこかしら似ている。

「ねえ、おばあさん。こちらのおにいさんに、お団子を差し上げておくれ」

「団子は嫌いだ」

彫師の青治は、少年が甘えるようにぶっきらぼうないい方をする。

悪路廉三の未亡人は、弟によく似た目でにっこり笑った。

「おばあさん、こちらやっぱり、お茶だけでいいってさ」

店の奥から「はいよ、ただいま」という返事が聞こえて、お鈴は改めて青治に向き直った。

「遅かったわねえ。もう会えないかと思ったよ」

「客の背中の倶利迦羅竜王を、ほったらかしにしてたから」

青治は弁解するようにいったあと、そんな自分に腹を立てたように口をへの字に曲げる。

「あんな手紙で脅かして、すまなかったね。雲隠れするほど、嫌われていたとは思わなかった。お涙ちょうだいの姉弟の名乗りなんてのを、あたしはずっと期待してたのに」

「どうして、おれの家に越して来たんだ」

「空き家だったもの。住んで悪いという法はなし。——本当いうと、おまえの暮らしている場所が見たくてねえ」

「…………」

青治が答えずにいると、お鈴はすました顔でお茶をすする。

「用事が済んだから、あたしは街道にもどるのさ」

「用事とは？　杵屋臼屋をおどらせて、悪路廉三を殺させたことか？」

突然に強い風が吹いて、沖の船がいっせいに揺れる。

お鈴は飲んでいた茶わんを取り落として、小さな悲鳴を上げた。

「何をいっているのやら。あたしの用事とは、おまえの顔を見ることだよ」

お鈴は細い手を持ち上げて、青治の頬をなでた。

二人が顔を合わせたのは、この朝が初めてのこと。青治が気まぐれを起こして会いに来なければ姉弟は会うことがなかったのだから、お鈴のいい分には無理がある。

「やっぱり——」

その先の言葉を、青治は黙って呑み込んだ。

黒幕は、姉だったのかもしれない。

母を死なせ、自分と弟の人生を狂わせた悪路廉三へ、お鈴はずっと仇討ちの機会をねらっていたのかもしれない。

江戸に来た悪路廉三が、杵屋臼屋にどんな難癖をつけるのか、お鈴は承知の上だった。

そうして、杵屋臼屋が昔のしがらみを断ち切るために、どんな手に出るのかも十分に知っていた。

姉は亭主の性根も、杵屋臼屋二人の性根も、よく知っていたのである。

「廉三は、あたしには優しかったわよ」

青治の胸中の問いをはぐらかすように、お鈴は笑った。

「追いはぎの亭主が居なくなって、この先、どうやって暮らしを立てるんだ？」

「追いはぎの女房だもの。どうにでも暮らすさ」

お鈴はそういって、菅笠《すげがさ》を持って立ち上がる。

「残ったお団子、食べていいからね」

「だから、団子は嫌いだっていったろうが」

文句をいう青治の手を取って、お鈴はその顔をつくづくと覗き込んだ。

「江戸を出るときには、もう少しくさくさするかと思ったけど。こうして、すっからかんになってしまうのも、かえって気持ちの良いものだね」

青治の手を放り投げるように突き放し、お鈴は店を出る。

その背中に「おねえさん。気を付けてお行き」と、青治はどこやら公家のような品の良さで声をかけた。

「――――」

お鈴は振り返り、弟に良く似た目を細める。

「おまえもねえ、千早さん」

残したあいさつは、やはりどこか公家のようにおっとりしていた。

お鈴の後ろ姿に蝶々の影が降ったかと思えば、それは風花だった。

「青さん」

思いがけず後ろから呼ばれて、振り返ったら巴が居た。

手には手甲《てっこう》、足には脚絆《きゃはん》の草鞋《わらじ》ばき、菅笠を持って風呂敷包みをななめに背負い、すっかり旅の装束である。傍らには、木綿の着物を尻にからげて、いつもの股引《ももひき》ばきの桃助が立って居る。

「巴、その格好、どうしたんだ？」

思わず、啞然として訊いた。

問われた小町娘はぶすりと頬をふくらませて答えない。

そんな巴を、三日も腫れて治まらない尻のおできのように丁重に丁重に扱いながら、桃助が青治をにらんだ。

「やい、青治。おまえ、おれたちに黙って江戸を出て行こうとしていただろう」

「そんなことあるかい。見なよ、手ぶらだぜ」

「おまえのことだ、唐天竺《からてんじく》へだって手ぶらで出かけらぁ」

「そんなわけあるかい」

桃助のいいようがおかしくなって、つい子どものように、つかみかかる。十手持ちのくせに喧嘩の弱い桃助は、もっと弱い青治と互角に押し合い圧《へ》し合いを始めた。

「やめーい！」

巴が二人の中に割って入って、双方の胸ぐらをつかんだ。

「桃ちゃん、こいつをしょっぴいちゃって。江戸につくまで、縄を掛けちゃって。さもなきゃ、わたし、唐天竺まで追いかけていくんだから」

「おう、合点だ」

張り切る桃助を見て、青治は降参のつもりで両手を振った。

「悪かったよ、今回のことは二人に黙って消えて、本当に悪かった。おとなしく江戸に帰るから、許してくれ。どうか、許しておくんなさい」

「どうするよ、巴ちゃん」

平身低頭する青治に、桃助が巴のことを最高に痛いおできのように見る。

小さい丸顔が割れるように、くちびるがにっこりした。

「旅装束って、一度着てみたかったの。なんならこのまま、青さんと一緒にお伊勢参りに行ってもいいと思って」

そういって、二人の腕をとると江戸の方角に向かって歩き出した。

「もしそうなったら、おいらは、どうするんだよ」

「桃ちゃんは留守番」

「そんなあ」

悲しげな声を上げる桃助の頭を、青治が後ろから手をのばしてコツンとたたく。巴が真似をして、もう一つ叩いた。

「そうだ。ひとつ、いい忘れていたことがあったぜ」

青治は空を見やった。カモメを追って視線をめぐらす。

「二人ともな——ありがとうよ」

「なによ、照れるじゃやない」

「おうさ、水くさいぜ」

そのひとことが聞きたかったくせに、二人の幼なじみは声を上げて笑った。

その先青治は、蝶の影に悩まされることがなくなった。

解説

新ジャンルの時代小説、誕生！

長谷川ヨシテル（お笑いタレント・歴史作家）

まず自己紹介から入らせていただきます。

わたくし長谷川ヨシテルは〝歴史芸人〟を自称するお笑いタレントでございまして、各地の歴史イベントの司会をしたり、教授や学芸員の方とのトークショーや講演会などに出演したりしております。

また〝歴史作家〟として、歴史バラエティ番組の脚本や時代考証や、歴史ゲームの監修、歴史雑誌での連載などもしております。講談社「決戦！　小説大賞」では応募した作品を第1回、第2回ともに有力作品に選んでいただいており、自称〝歴史小説家〟でもあります。

その他、実は今年（二〇一六年）の大河ドラマ「真田丸」に出演しておりまして、第三回の「策略」に十四秒ほど映り込んでいます。出演と格好つけましたが、一般応募のエキストラで出ているだけです（笑）。しかし、役名もしっかりありました。役名は「百姓11」！　セリフもあったので、自称〝大河俳優〟でもあります。

何者なのか一言で言い表せられないのですが、ひとまず〝歴史コンテンツに出没する者〟とでも認識していただければ幸いです。

さて、皆さんは日本史のどの時代がお好きでしょうか？

ここで私の【好きな日本史の時代ランキング】を勝手ながら発表したいと思います。

ランキングは《一位：戦国時代、二位：幕末・明治維新、三位：源平合戦》です！

私は〝合戦・謀略・同盟・謀反・下剋上《げこくじょう》〟などの言葉が出てくると、もうワクワクが止まりません。おそらくそういった読者の方も多いことでしょう。

しかし、この作品の舞台は江戸時代で、さらに有名な歴史上の人物も出てこなければ、著名な歴史的出来事も出てこない。主な登場人物は、幼なじみの刺青彫師《しせいほりし》の青治《せいじ》と岡っ引きの桃助《ももすけ》と女剣術師の巴《ともえ》。しかもタイトルが『おちゃっぴい』。タイトルがカワイイ！　ご存じの方がほとんどでしょうが、「おちゃっぴい」というのは江戸時代からあった「おしゃべり娘」という意味の言葉です。

ここで私は勝手に作品の内容を予想しました。「きっと江戸の町人の三角関係の恋愛話に違いない」。つまり、権謀術数が渦巻く戦乱が大好きな私にとっては、まさに〝読まず嫌い〟なジャンルだったのです。

とは言え、これも有難い縁です。

さっそく「第一話　怪人」を読み始めました。冒頭に門限を破った桃助が木戸番にお願いして木戸を通してもらうのですが、その後に木戸番がこう言うのです。


いや、そもそも――あの桃助は、とっくに死んでしまったはずじゃ？


ここで私は混乱に陥《おち》りました。

「あれ？　これ、怖い話？　どういうこと？」

さらに読み進めると、恋愛要素とは程遠い「生きミイラ」なる怪物の都市伝説が登場して、江戸の町はその噂で持ちきり。もちろん私の頭もそのことで持ちきり。さらに、青治の許《もと》を訪れた博徒の背には暗号とも取れる謎の刺青が！　その博徒の兄貴分だった泥棒のハシ小僧の行方は？　それよりもまず、桃助は本当に死んだのか？　何より、怪人・生きミイラの正体とは？

テレビドラマだったら何度もＣＭに跨《また》げそうな気になる要素がこれでもかと言うほど、ふんだんに織り込まれています。そして、最後に青治と巴が一気に謎解きを披露して都市伝説を解決する場面がまた楽しい！　ＣＭ跨ぎになっていた謎がすっかり解かれて、この江戸の一人の町人になって、青治と巴に喝采を送りたくなるのです。

この未知なる「第一話　怪人」に魅了された私は思いました。

この解説文には、必ず謝罪を入れようと。

堀川アサコさん、江戸の市井モノの時代小説が、こんなに面白いとは今まで存じませんでした。ご無礼いたしました！

さあ、謝罪も終わったので「第二話　太郎塚」に進みます。第二話でも冒頭で、さっそく幽霊の話が出てきます。

「待ってました！」

どうやら私の身体は、いつの間にか堀川さんが描く怪異を求めているようでした。

結城屋《ゆうきや》という薬種《やくしゅ》の店《たな》には太郎塚という謎の墓があり、六道館《ろくどうかん》で養われている孤児たちは、その墓の秘密を暴こうとします。その探索に度々失敗していた孤児のリーダー「シゲ」ですが、意外なことに、跡取りがいなかった結城屋から養子縁組の話が来ます。シゲの新たな名は「次郎」。跡取りであれば「太郎」で良いはずなのに、なぜか「次郎」。腹をくくって墓に近づいた次郎でしたが、墓の近くにいた悪臭を放つ異様な姿の男が「――ああぁ、太郎ぉ！」と次郎を指さして叫び、追いかけてきました。

これはもう、本格ホラー映画さながらの絶叫シーンです。

その後、太郎塚を巡る怪奇を説く鍵がちりばめられていきます。結城屋の当主の由《よし》十郎《じゅうろう》とその兄で前当主の長兵衛《ちょうべえ》の知られざる過去、シゲ（次郎）を六道館に預けたという行者の「無名居士《むめいこじ》」の正体、結城屋の跡取りに指名されたシゲの出自の真相……。

一人の町人の嫉妬から生まれた怪奇の謎が解かれると、そこには人情が浮かびあがり、読者に温かさが残されます。怪奇に首を突っ込む青治と桃助と、それに振り回される巴の姿が何とも微笑《ほほえ》ましいのです。

読まず嫌いはどこへ行ったのか、気づけば「第三話　雨月小町」です。

第三話は頭巾《ずきん》をかぶった好事家《こうずか》たちの怪談の会から始まります。そこに参加した青治は「雨月小町」の顚末《てんまつ》を話し始めます。雨月小町は、五月の梅雨《つゆ》の時期に現れ「雨月小町を知っているかい？」と尋ね、「知らない」と答えると腹を刃物でえぐり殺す、という恐ろしい妖怪だと言うのです。

「きたきた！！！」

第三話もしっかり堀川ワールドでスタートです。雨月小町という恐怖の妖怪の背景には、きっと江戸の人情が詰まっているはずです。読者の私はそれを見届けなくてはいけません。

雨月小町は三年前の木綿《もめん》問屋の若旦那の伝太郎《でんたろう》と女中のお久《ひさ》という心中事件に端を発したものでした。「大旦那」に妾《めかけ》になれと迫られたお久が伝太郎に相談し、恋仲になり心中に走りました。

　しかし、どちらも運良く？助かってしまい別れることになります。お久が嫁いだのは矢場《やば》の隠居の星屋《ほしや》作兵衛《さくべえ》という老人でした。その作兵衛が持っていたのが、雨月小町という女の幽霊が浮かぶ細工がされた鏡だったのです。お久は伝太郎と密会を重ねてしまい、この鏡を巡ってトラブルを起こします。その後、伝太郎は謎の死を遂げ、お久は丑寅《うしとら》の忠左《ちゅうざ》という縁もゆかりもない泥棒と心中して亡くなりました。

　なぜ伝太郎は死に、なぜお久は縁のない泥棒と心中し、なぜ雨月小町の怪談が生まれたのか、全ては青治の語りで明らかになります。

　この話の何が良いかと言うと〝残された者たちの死者に対する優しさ〟が良いのです。誰しも「（亡くなった）あの人にもう一度会いたい」と思ったことはあると思います。その気持ちを代わりに叶えてくれるのが、この「第三話　雨月小町」なのです。

　さて続いて「第四話　カタキ憑き」です。

　これは意外や意外、怪奇現象ではなく、仇討ちのシーンから始まります。雪村卯太郎《ゆきむらうたろう》が五年の歳月を経て加納源垂《かのうげんすい》を落雷の中で倒し、仇討ちを成功させたのです。

　しかし、この後が面白い！　落雷で気を失っていた卯太郎は巴の六道館に運ばれていました。目を覚ました卯太郎は自分の名前を聞かれると、何と、己の手で討ったはずの加納源垂と答えるのです。

冒頭だけでは当然、意味がわかりません。普通の仇討ちの話かと思ったら、いきなり堀川怪異ワールドに突入です。

この異変の謎は、さすがの青治や桃助も解けなかったようで（巴はもちろん解けない）、源垂と卯太郎の同僚だった福士《ふくし》という男の情報によって全てが明らかになります。その情報をソバ屋で聞いた巴や桃助、次郎だけでなく、無感動な青治が「えええー！」と声を裏返らせて驚き、第四話は終わります。読者の皆さんも、きっと同様に驚いたことでしょう。

さぁ、あっという間に最終章の「第五話　蝶の影」です。

火消しの背中に彫物をしていた青治に、京から手紙が届くところから始まります。


――千早《ちはや》さん、ようよう見つけました。じきに、参ります。


この手紙を読んだ青治は自宅を払い、どこかに姿を消してしまいます。

「おや、これは雲行きが怪しいぞ……」

第四話までとは異なり、さらにシリアスな展開に眉間《みけん》に皺《しわ》を寄せて読んでしまいます。

青治が家を空けた直後には俳諧師《はいかいし》の水廉《すいれん》とその妻お鈴《すず》が越してきますが、水廉はすぐに毒殺されてしまいます。その毒殺の犯人と見られた菓子屋の臼屋《うすや》唐右衛門《とうえもん》は捕まる前に首吊り遺体で発見。唐右衛門亡き後、臼屋を配下に収めた杵屋《きねや》惣兵衛《そうべえ》は幕府御用達の菓子屋となることを目論んでいました。

桃助が水廉と臼屋の死の真相を追いかけていくと、水廉と臼屋と杵屋の怪しげな関係性が見え始めていきます。そして、最後には青治の告白によって、水廉、お鈴、臼屋、杵屋と青治の信じ難い過去が明らかになりました。

まるで救いのないその青治の暗い過去に、私の心は沈みましたが、最後の場面の青治と巴と桃助に救われました。

青治が「そうだ。ひとついい忘れていたことがあったぜ」「二人ともな――ありがとうよ」と言うと、巴が「なによ、照れるじゃない」、桃助が「おうさ、水くさいぜ」と返し声を上げて笑って終わります。

それを見届けて眉間の皺がやっとほぐれました。シリアスな話であったのに、読み終えると自分が穏やかな表情になっていることに気付きました。

堀川さんの作品は「生と死」「既知と未知」というテーマが根本にあります。「既知」というのは目の前に見える現実の風景の人や動物、建物などで、「未知」というのは現実では説明がつかない幽霊やお化け、妖怪などです。

幻想シリーズの『幻想郵便局』では、若い女性がこの世とあの世の間にある幻想の郵便局に勤めるというファンタジーな物語でした。その郵便局には、この世のものではない人が働いているのですが、この従業員たちが生きている人よりも人らしく、お茶目でとても可愛らしいのです。

また『大奥の座敷童子』も素敵な作品です。舞台は江戸時代末期の江戸城の大奥。主人公の田舎出身の若い女がある探し物を見つけるために大奥で働くことになります。その探し物というのが、何と座敷童子！　堀川さんらしい切り口です。座敷童子を探そうと大奥を右往左往するのですが、その中で「泣きジジ」という妖怪に出会います。この妖怪がまた愛くるしい！　この妖怪の正体は、江戸時代中期の江戸城ゆかりの有名な某歴史上の人物ですが、その見た目は小さなオジサンで、女中たちのお尻を撫《な》でるのが好きという憎めない妖怪なのです。

堀川さんご自身が『幻想郵便局』のあとがきで「死んだ人は、消えてしまうのではないという気持ちを込めた」と触れているように、どの作品も死者に対する優しさや愛情が込められていて、読者の心を癒《い》やしてくれます。お化けや幽霊が出てきてどこか恐怖心を感じているのに、自然と頬が緩んでしまいます。

これは『おちゃっぴい』についても同様のことが言えます。

「死」や「未知」を目の前にすると、人は畏怖《いふ》の念を抱き近づき難いものと判断します。ところが、それは元々「生」や「既知」であったものであり、それが形を変えただけに過ぎないのです。畏怖の念を抱くかもしれませんが、それはただ単に恐怖の対象ではなく、親しみの対象でもあるということを堀川さんの作品は教えてくれるのです。

そして読者の皆さまは、読後にこう思ったことでしょう。

「あれ？　私、少し優しくなったかも――」

この優しさというのは、「死」や「未知」と向き合える強さであり、堀川さんが込めた一番のメッセージかもしれません。江戸の市井《しせい》に起こる怪異を舞台に、その優しさを授けてくれる『おちゃっぴい』！

今までこういったジャンルの時代小説はありません！　そこでこのジャンル名を勝手ながら付けさせていただきます。

新ジャンル名は――「優怪時代小説」です！

え、気に入りませんか？

いえいえ、どうか『おちゃっぴい』から授かった優しさで許してやってください。

本書は二〇一五年七月に小社より単行本として刊行されました。

|著者|堀川アサコ　1964年青森県生まれ。2006年『闇鏡』で第18回日本ファンタジーノベル大賞優秀賞を受賞してデビュー。『幻想郵便局』、『幻想映画館』（『幻想電氣館』を改題）、『幻想日記店』（『日記堂ファンタジー』を大幅改稿の上、改題）、『幻想探偵社』の「幻想シリーズ」、『大奥の座敷童子』（以上、講談社文庫）で人気を博す。他の著書に「たましくるシリーズ」（新潮文庫）、「予言村シリーズ」（文春文庫）、『月夜彦』『芳一』（ともに講談社）、『おせっかい屋のお鈴さん』（KADOKAWA）、『小さいおじさん』（新潮文庫nex）などがある。

おちゃっぴい　大江戸八百八《おおえどはっぴゃくはち》

堀川《ほりかわ》アサコ

講談社文庫

定価はカバーに
表示してあります

2016年11月15日第1刷発行

発行者――鈴木　哲
発行所――株式会社　講談社
東京都文京区音羽2-12-21　〒112-8001
電話　出版（03）5395-3510
　　　販売（03）5395-5817
　　　業務（03）5395-3615

デザイン―菊地信義
本文データ制作―講談社デジタル製作
印刷―――豊国印刷株式会社
製本―――株式会社国宝社

Printed in Japan

ISBN978-4-06-293538-8

講談社文庫刊行の辞

二十一世紀の到来を目睫に望みながら、われわれはいま、人類史上かつて例を見ない巨大な転換期をむかえようとしている。

世界も、日本も、激動の予兆に対する期待とおののきを内に蔵して、未知の時代に歩み入ろうとしている。このときにあたり、創業の人野間清治の「ナショナル・エデュケイター」への志を現代に甦らせようと意図して、われわれはここに古今の文芸作品はいうまでもなく、ひろく人文・社会・自然の諸科学から東西の名著を網羅する、新しい綜合文庫の発刊を決意した。

激動の転換期はまた断絶の時代である。われわれは戦後二十五年間の出版文化のありかたへの深い反省をこめて、この断絶の時代にあえて人間的な持続を求めようとする。いたずらに浮薄な商業主義のあだ花を追い求めることなく、長期にわたって良書に生命をあたえようとつとめるところにしか、今後の出版文化の真の繁栄はあり得ないと信じるからである。

同時にわれわれはこの綜合文庫の刊行を通じて、人文・社会・自然の諸科学が、結局人間の学にほかならないことを立証しようと願っている。かつて知識とは、「汝自身を知る」ことにつきていた。現代社会の瑣末な情報の氾濫のなかから、力強い知識の源泉を掘り起し、技術文明のただなかに、生きた人間の姿を復活させること。それこそわれわれの切なる希求である。

われわれは権威に盲従せず、俗流に媚びることなく、渾然一体となって日本の「草の根」をかたちづくる若く新しい世代の人々に、心をこめてこの新しい綜合文庫をおくり届けたい。それは知識の泉であるとともに感受性のふるさとであり、もっとも有機的に組織され、社会に開かれた万人のための大学をめざしている。大方の支援と協力を衷心より切望してやまない。

一九七一年七月

野間省一

講談社文庫 最新刊

講談社文芸文庫

加藤典洋
戦後的思考
解説＝東浩紀　年譜＝著者
近年稀に見る大論争に発展した『敗戦後論』の反響醒めぬ中、「批判者の『息の根』をとめるつもり」で書かれた論考。今こそ克服すべき課題と格闘する、真の思想書。
978-4-06-290328-8　かP3

塚本邦雄
新撰　小倉百人一首
解説＝島内景二
定家選の百人一首を「凡作百首」だと批判し続けた前衛歌人が、あえて定家と同じ人選で編んだ塚本版百人一首。豪腕アンソロジストが定家に突きつけた、挑戦状。
978-4-06-290327-1　つE8

吉屋信子
自伝的女流文壇史
解説＝与那覇恵子　年譜＝武藤康史
年若くしてデビューし昭和初期の女流文学者会を牽引してきた著者が、強く心に残った先達、同輩の文学者たちの在りし日の面影を真情こまやかに綴った貴重な記録。
978-4-06-290329-5　よJ2

講談社文芸文庫ワイド

不朽の名作を一回り大きい活字と判型で

木山捷平
長春五馬路《ウーマロ》
解説＝蜂飼耳　年譜＝編集部
長春での敗戦。悲しみや恨みを日常の底に沈め描いた最後の小説。
978-4-06-295509-6　(ワ)きA1

講談社文庫　目録

2016年9月15日現在